作家笔下的

宁德

作家笔下的海峡二十七城丛书编委会 编

 海峡出版发行集团 | 海峡文艺出版社
THE STRAITS PUBLISHING & DISTRIBUTING GROUP | Haixia Literature & Art Publishing House

图书在版编目(CIP)数据

作家笔下的宁德/作家笔下的海峡二十七城丛书编委会编.
—福州:海峡文艺出版社,2010.6
(作家笔下的海峡二十七城)
ISBN 978-7-80719-475-0

Ⅰ.①作… Ⅱ.①作… Ⅲ.①散文－作品集－中国－当代
Ⅳ.①I267

中国版本图书馆 CIP 数据核字(2010)第 052588 号

作家笔下的宁德

作家笔下的海峡二十七城丛书编委会 编

责任编辑　林　滨　庄琳芳
出 品 人　何　强
出版发行　海峡出版发行集团
　　　　　海峡文艺出版社
经　　销　福建新华发行(集团)有限责任公司
社　　址　福州市东水路 76 号 14 层　　邮编　350001
网　　址　www.hx-read.com
发 行 部　0591－87536797
印　　刷　福州德安彩色印刷有限公司　　邮编　350008
开　　本　880×1240 毫米　1/32
字　　数　110 千字
印　　张　5
版　　次　2010 年 6 月第 1 版
印　　次　2010 年 6 月第 1 次印刷
ISBN 978-7-80719-475-0
定　　价　35.00 元

如发现印装质量问题,请寄承印厂调换

总序

廖国忠

　　"作家笔下的海峡二十七城"丛书即将付梓出版，并在海峡两岸同步发行。这是两岸出版业界携手合作的又一个重要成果，很有创意、新意、意义，可喜可贺。

　　由海峡文艺出版社、台湾图书出版事业协会和福建闽台图书有限公司共同策划推出的"作家笔下的海峡二十七城"丛书，对海峡西岸经济区20城市（福建的福州、厦门、漳州、泉州、三明、莆田、南平、龙岩、宁德；浙江的温州、衢州、丽水；广东的汕头、梅州、潮州、揭阳；江西的上饶、鹰潭、赣州、抚州）和台湾7个代表性城市（台北、台中、高雄、台南、新竹、嘉义、花莲）的历史文化，进行审视梳理和系统介绍，充分展示了两岸之间深厚的历史文化渊源，体现了中华民族的悠久历史和灿烂文化。丛书的出版，融合了两岸文化人的智慧，开创了两岸出版业界合作的新模式。具体来说，有以下几个特点：

　　一是立足海峡、紧扣时代。丛书抓住海峡两岸27城市历史文化的精彩片段进行遴选还原，用历史的眼光加以辩证审视，用现代的情感进行勾画叩问，用精彩的文字和富有表现力的图片予以生动展示，使时代的主题得到了很好的诠释和表现。

　　二是选文精当、点面结合。丛书设置了"探寻历史遗存"、"拜访古代先贤"、"感悟绿色山水"、"品味地方风情"等章节，分别从物质文化遗产、历史著名人物、自然山水景观以及非物质文化遗产等层面，进行选文组合，将当地的历史文化、风土人情、民俗风情、城市面貌生动展示出来，让读者不仅感受到闽南文化、客家文化、妈祖信俗等两岸共同文化之根的深远影响，而且也感受了海峡城市群多姿的历史风貌和独特的现实魅力。

三是形式活泼、图文并茂。丛书以散文的手法探询历史，注入现代人的情感，赋予较强的文学性和可读性；书中辅以大量精美的图片，图文并茂，具有很强的吸引力和感染力，既可作为散文佳作来品，也可作为乡土历史教材来读，还可成为外地读者了解一个城市的旅行读本。

四是两岸携手、创新合作。丛书从文化寻踪入手，由两岸业界携手，在图书的编写、出版、发行等各个环节建立紧密合作，在推动两岸合作上具有典范性意义。

海峡两岸各界对本丛书的出版都给予了高度关注。新闻出版总署署长柳斌杰为丛书题词。台湾知名人士连战、吴伯雄、宋楚瑜、王金平、江丙坤、蒋孝严、黄敏惠以及胡志强等也为丛书出版题词祝贺。

当前，两岸关系发生了重大积极变化，两岸和平发展处于进一步向前推进的重要机遇期。希望两岸出版业界抓住机遇，开拓进取，以文化为纽带，以发展为主题，以创新为动力，以项目为抓手，携手合作，共同努力；不断谱写两岸出版业交流合作的崭新篇章，建设两岸同胞共同的精神家园，推动两岸关系朝着和平稳定的方向发展。

（作者系中共福建省委常委、宣传部长）

序

陈荣凯

闽山苍苍海蓝蓝，"海西"之东是宁德。

宁德者，秦属闽中郡，汉属闽越国，历温麻、长溪而至福宁州、福宁府，福安、宁德行署之沿革，闻新世纪之潮声撤地建市，始称宁德市。

自晋太康三年置县以来，一千七百余载斗转星移，人文荟萃，物业渐兴，民重勤俭，士尚廉耻。以"开闽第一进士"薛令之为率，仁人英杰不绝于史，忠臣烈士节照日月，文治武功蔚为大观！

宁德市，依山临海：山则重峦叠嶂、翠微氤氲，拥地1.34万平方千米；海则岛屿星罗、良港棋布，领海4.45万平方千米。山海辉映，相得益彰，岸线蜿蜒千余公里。现辖一区（蕉城）、两市（福安、福鼎）、六县（霞浦、古田、屏南、柘荣、周宁、寿宁）、一开发区（东侨），约三百三十五万众。境内享誉日久者，有"天下绝景"白水洋、"海上仙都"太姥山、"洞天福地"支提山、"人鱼同乐"鲤鱼溪，而名动世界者当属"举世无"之天然良港三都澳。纵观宁德，北承长三角而南接珠三角；横看宁德，西引内陆之赣、湘、鄂、皖而东牵宝岛台湾。

形胜如此，依"一港通四海，一线系海西"之优势，融入"海西两个先行区"建设大局之"环三都澳区域发展战略"，应势而起：以科学发展观为统领，重项目、品牌两带动，循"临海、环海、跨海"三跃升，促"港口、产业、城市、生态"四发展……假以时日，群策群力，环三都澳区域必成海西对接长三角前沿区域，对台交流合作重要平台，临海先进制造业基地，东南沿海重要港口枢纽，海西特色文化和生态旅游胜地，绿色宜居海湾新城。

适值国务院出台《加快福建省建设海峡西岸经济区若干意见》，海西战略上升为国家决策之际，海峡文艺出版社推出"作家笔下的魅力27城"丛书，以引领海内外读者走进海峡两岸27城，了解其历史文化和风土人情，感受海西的美丽与魅力，此乃海西文化建设之盛事。

借此书付梓之际，聊以片语序其端，一者对关爱闽东之作家深表谢意；二者亦盼海内外文人墨客对"海西"、对"环三"之域多加关注，多予传播。"海西""好风"与文化影响之力必可托举闽东数百万父老之愿景也。

是为序。

（作者系中共宁德市委书记）

目 录

探寻历史遗存

拜访古代先贤

感悟绿色山水

品味地方风情

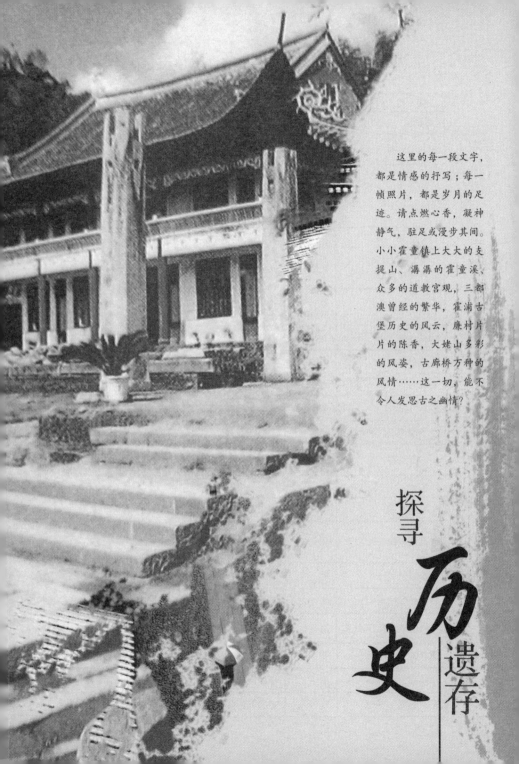

这里的每一段文字，都是情感的抒写；每一帧照片，都是岁月的足迹。请点燃心香，凝神静气，驻足或漫步其间。小小霍童镇上大大的支提山、潺潺的霍童溪、众多的道教宫观，三都澳曾经的繁华，霍浦古堡历史的风云，廉村片片的陈香，大姥山多彩的风姿，古廊桥万种的风情……这一切，能不令人发思古之幽情？

探寻

历史遗存

宁德市全国重点文物保护单位名录

名　称	年　代	地　点	公布时间	类　别
狮峰寺	明至清	福建省福安市	2006年5月	古建筑
闽东北廊桥	清	福建省屏南县、寿宁县、柘荣县、古田县、武夷山市	2006年5月	古建筑

宁德市省级重点文物保护单位名录

名　称	年　代	地　点	公布时间	类　别
中共闽东苏特委和闽东苏维埃政府旧址	1934年	福安市柏柱洋	1985年	近现代重要史迹及代表性建筑
马栏山遗址	青铜器时代	福鼎市店下乡巽城村下底湾西	1991年	古遗址
福鼎分水关	五代	福鼎市贯岭镇分关村	2001年1月	古建筑
吉祥寺塔	宋	古田县城关	1961年	古建筑
临水宫	清	古田县大桥镇中村	1991年	古建筑
幽岩寺塔	宋	古田县鹤塘乡幽岩村	1991年	古建筑
"孝友无双"牌坊	清	古田县鹤塘镇鹤塘村	2001年1月	古建筑
屏南万安桥	清	屏南县长桥乡长桥村旧街头	1991年	古建筑
千乘桥	清	屏南县棠口乡棠口村	2001年1月	古建筑
报祖祠大殿	明	寿宁县南阳镇南阳村	2001年1月	古建筑
张高谦陵园	1991年	寿宁县武曲镇大韩村	1996年	近现代重要史迹及代表性建筑
大京城堡	明	霞浦县长春乡大京村	1991年	古建筑
传胪城堡城墙	明	霞浦县长春镇传胪村	1996年	古建筑
半岭畲族观音亭寨	清	霞浦县水门畲族乡半岭村	2001年1月	古建筑
游朴墓	明	柘荣县双城镇南街村	2001年1月	古墓葬
华藏寺（支提寺）	清	宁德市霍童	1985年	古建筑
霍童涵洞	隋唐	宁德市蕉城区霍童镇	2001年1月	古建筑

霍童三奇

施晓宇

出福州北岭往闽东，车行不过两小时，就到达闽东重镇霍童。霍童镇，相传为天下第一洞天福地。

宁德旧县志载："《白玉经》云，天下三十六洞天，霍童第一，其山高二十余里，延袤五十里。"这说明，霍童镇在历史上一度兴盛。就是到了今天，漫步霍童古镇，沿老街旧巷随意而行，每隔十数米便可遇见一座历史悠久、香烟缭绕的道观。虽然其格局大多小巧玲珑，观内规模有限，但就其数量而言，小小霍童镇拥有的道教宫观应列全国前茅，此一奇也。

我在十几年前到过霍童镇。说到过不如说路过更确切。那是 1986 年，我到宁德开会，慕名去爬支提山，车子路过霍童地界，并没有进镇。而远近闻名，传为天冠菩萨道场的支提山就坐落在霍童境内。支提山闻名，乃因山上建有千年古寺支提寺。支提寺又名华严寺（因珍藏有《华严经》得名），建于宋开宝四年（971），至少在这一年，"宋敕赐支提山华严禅寺"的大匾已经高高挂在寺门之上了。支提寺规模宏大，当年给我第一深刻的印象是寺中膳堂之大，令人叹为观止，它足可容纳五百多个僧人同时用餐。据说支提寺香火鼎盛时期，寺中僧侣多达千人以上。这说明闽东地区，先为道教胜地，霍童古镇更是位居三十六洞天之首。但自佛教由印度传入中国，道教逐渐衰微，闽东地区也不例外。正如明代宁德举人崔世召所言："仙坛转尽，佛土宏开。"

记得 1986 年爬支提山，尚未通汽车，游人香客须得步行十几公里山路才能跨进庄严的支提寺大门。而且进山的山路陡峭，险要处几乎手脚并举，故而我用一"爬"字，才算贴切。毕竟，上支提山与爬支提山有本质的区别。好在时隔 15 年，而今由山下到山上，刚刚修通简易公路，路况虽还不尽人意，总归不用胼手胝足、汗流浃背地充当"苦行僧"了。小小霍童镇拥有大大的支提山，山中更拥有煌煌支提寺，此二奇。

这些年，全国各地兴起"漂流热"。有的地方明明不具备条件，硬是"霸王强上弓"，不惜浪费水资源，施放上游水库蓄水，制造人工漂流景观。然而号称"宁德母亲河"的美丽的霍童溪就蜿蜒缠绕霍童镇而过，使游人得以在古老清洁的霍童溪上乘竹筏尽兴漂流。而且，霍童溪绕过狮子峰时，在一个叫做"龙腰"的地方竟然十分奇特，地呈 90 度直角转弯。在龙腰的上游，霍

寄题说法台

[明] 叶向高

支提山下讲筵开，传是天官说法台。桐木经翻僧已去，珠林馨寂客还来。
花飞碧涧间挥尘，月冷沧江见渡怀。早晚投簪依此地，休教松径掩苍苔。

童溪平缓开阔，悄无声息；一拐过直角，在龙腰下游，溪水则湍急汹涌，"哗哗"作响。更为令人惊绝的是，在高高的龙腰之上，早在一千三百多年前，从河南固始移居此地的隋朝谏议大夫黄鞠，竟能带人打穿七十多米的坚硬花岗岩引水隧道，修建的水渠，使大片旱地得到充沛的溪水灌溉而成为良田。今天站在黄鞠开凿的龙腰渠引水隧道口，遥想当年黄鞠在一无炸药、二无充足钢铁工具的原始状态下，仅凭火烧烤岩石，待岩石灼热时，突然浇凉水灭火，使花岗岩因骤热骤冷而产生爆裂，从而艰难地一点点打通隧道的情景，不能不佩服黄鞠的机智勇敢和劳苦功高。1956 年，闽东第一座水力发电站就是借助黄鞠修建的龙腰渠才得以建成。无怪有人评价黄鞠是中国开凿隧道兴修水利的第一人。此三奇也。

　　小小霍童镇拥有大大的支提山，拥有潺潺的霍童溪，拥有众多的道教宫观，再加上霍童本身古色古香的独特镇名，置身如此"天下第一洞天"，无论漫步古镇其间，抑或漂流霍童溪上，能不心旷神怡，发思古之幽情？

魂牵梦绕三都澳

黄岑

　　三都澳海域原先在中国地图上标为三沙湾。三都岛是湾内主岛，岛上设镇。新中国成立后，人们又把整个三沙湾称为三都澳。

　　三都澳1898年由清廷辟为福建三个商埠之一（另外两个是福州和厦门）。孙中山在《建国方略》中把它和湄洲湾列为待开发的港口；民国建立后，这里成为与马尾港互为呼应的军舰游弋和碇泊港。为什么三都澳会集中商港、渔港和军港的功能于一身呢？除了它水深港阔的特点之外，一是它位于香港至上海航线的中线，与福州、温州和台湾基隆之间均可朝发夕至，海运极为方便；二是它拥有宁德全区腹地，是闽东物资集散的咽喉地带；三是湾内主航道终年不淤不积；四是湾内四面有崇山可供隐蔽，也可让船只避风。军事家曾认为，它的建港条件比美国在夏威夷群岛上的珍珠港还要好，因而"五口通商"之后，英国人、美国人、意大利人、法国人、日本人都在觊觎它。

20世纪30年代初，是三都澳最繁华的阶段。那时三都镇居民有上万人，拥有外、中、里三个街区，同一条美丽的滨海林荫道联结起来。外街靠近码头，码头两侧是绿地广场。广场内侧是当时福建三大海关之一"福海关"的关署。一踏进街就看到挂有"中央银行"、"交通银行"、"农民银行"、"福建省银行"、"合作金库"等牌子的金融机构；有美孚洋行、亚细亚油行、南洋兄弟烟草公司等英、美、德、日商行分销处，还有许多专做码头生意的商店、菜馆和旅社。出了外街，穿过一个小足球场大小的操场便进入中街，这里有鱼行、肉铺、杂货店、果蔬店、理发店、成衣店等商店，有警察局、水警队、盐局、税务所、邮政局、海关俱乐部，还有松岐中心小学、百克诊所和耶稣教小礼拜堂等。再往里走，是拥有两道拱门的"衙门"大院，那是当时海军陆战队的旅部，出了这里便进入里街，镇上的码头搬运工人、海关水手、泥水匠等劳动人民都在此聚居。这三个街区旧时统称为松岐塘。往西延伸是龙骨塘，那时有亚细亚油码头、美孚油库、锯木厂、贮木场、省立三都中学和三都特种区区署（相当于县一级建制）。往东延伸是港口塘，塘外是德士古洋行油码头。

三都镇背后是罗厝里、孙厝里和里澳三个自然村，那里有天主教主教住的洋楼、小教堂和女修道院。再往上的山坳里，便是英国籍海关税务司和他们的头人住的三座别墅。

　　岛上最喧闹的季节是每年的春夏之交。清明一过，闽东各县的"天山绿茶"、"坦洋工夫"便一船船集中到三都码头，从这里装轮转运到福州和上海。立夏一过，黄瓜鱼接踵而至，沿海各地数以千计的渔船即群集于青山、斗帽岛海面，海军舰队的军舰往往也在此时驶进港来，在海面上摆成长阵。随着航运业的发展，对外交往频繁，三都澳在19世纪就已经建立了邮政机构，并使用"三都澳"邮戳。清光绪二十四年（1898），清政府发行邮票一套，计15枚，其中面值半分到五分的为蟠龙图案（俗称伦敦版）。宁德三都澳海关邮局曾使用单线双格圆戳盖销蟠龙四分票。三都澳不但有较具规模的邮政局，而且有电报局，国外来函只要写上"中国·三都澳"便可寄达，由此也可推知当时它在国际上的知名度了。

　　三都澳的厄运始于1937年。而1941年7月的一天，上午10时左右，九艘日本军舰、五架飞机，加上六百多名日军，从黄湾和新塘两侧登陆包抄三都镇。日军挟着煤油和硫磺弹长驱直入三个街区，四处放火，霎时全镇上空浓烟蔽日、烈火熊熊。火从中午一直烧到下午4时，全镇店屋和船舶被烧成一片灰烬，躲在防空洞的居民都被活活烤死，日军乘车舰扬长而去。三都澳的繁华从此烟消云散，成为一个死港。

　　新中国成立后，三都岛上旧貌换新颜。今后，随着进一步对外开放，这里的港口转运业、工业、旅游业将如日行中天，前程无量，三都澳将再度成为环太平洋的一颗港口明珠。

霞浦古城堡风云

许怀中

霞浦是福建省海岸线最长的一个县，又是全省在历史上建筑城堡最多的县份之一，现存明代的卫、所、堡便有 28 处。据载，大京和吕峡城堡建于明洪武二十年（1387），其他的都建于明嘉靖四年至三十七年，大京古城堡是保存最完好的。我虽几度到霞浦，却未参观过，年前应邀去采风，特地驱车到长春镇的大京村看古城堡去。

这一天风和日丽，出了城关，途中所见，山坡上一片片荔枝林，枝叶依然苍郁。公路的另一面，是一个个海滩养殖场，

交织出闽东山海交响曲。行车约五十公里，便到了位于县城东南的大京村。古城堡城门前两棵古榕，犹如守门的将士，上书的"千户福宁"，标志着明洪武年间江夏侯周德兴奉建"福宁卫大金守御千户所"（大京原名南金，后称大金）。霞浦那时称福宁府，历史上系海防巡检司所在地，名列福建12千户所之首，雄踞闽东。城门前的六块石碑中，留下建城的史料记载。以石头垒成的高达6至9米的城墙和城堞，大都完好。从拱门入城，正中一条石路两旁是店铺，街道和小巷接连，街内有四个亭子，它们分别为天地亭、迎恩亭、巷里亭、仓口亭。亭顶形为八卦。城中挖井，处处可供居民饮用。城内可居六千多人，城堡之大，把一座山都围在城内，并存有古宫庙。四面有36道门坎。

我们从西门进入，走过一条长长的石条街道，从南门出来。从城外可以看到一条护城河，长八百多米。古城堡外有防护林。主人对我们说，大海边的沙滩，许多游客，包括外国来的参观者，都赞不绝口，赞它是世界上少有美丽的沙滩。南门称为"南金门"，这有个拾金不昧的故事传说。南门城内有一家小旅店，住过一个赴京考试的士人，走后店主发现他丢下两大锭金子，连忙赶十里路奉还。客谢道："得金不取，必非常人，异日身价当比'南金'。"这位士人后来高中，后人因取其名为"南金"。

　　大京古城堡内，不仅住着不贪财的义士，还住着抗击倭寇的勇士。据《霞浦县志大事》记载：明初屡遭倭寇骚扰，焚劫村落。命江夏侯周德兴抽丁为沿海戍兵，取万伍千人，移置卫所于要害处，筑城数十；又于外洋设立烽门、南日山、浯屿水寨。《福宁志》也记载：楼橹之巍巍，旌旆之闪闪，真是以寒贼胆，"巩福宁之藩屏，执全闽之咽喉"。由此可见当时这里不但是闽东的抗击日本海盗的要塞，而且是八闽大地的抗倭要地，其军威足使寇贼心惊胆战，显示出中华民族威武不屈的民族精神。如今当地人都会滔滔不绝地向你诉说当时壮烈战斗的情景：那时海盗烧毁六十多座民房，还在山上架起机枪，青年勇敢冲上去，一批倒下去，一批又冲上前，终于驱赶走海寇，打得他们抱头鼠窜。

　　霞浦当地民众至今念念不忘抗倭英雄戚继光和他所带领的义乌兵。县志载："明嘉靖四十一年七月二十一日戚继光率军乘船从温州出发，二十五抵达平阳（今浙江平阳），从平阳绕小路入闽，八月初一到达福宁州（霞浦）。"戚继光麾下的三千义乌兵，训练有素，纪律严明，勇敢作战，屡建奇功，气镇倭氛，威震四海。传说当时义乌兵个个背挂义乌城隍的符袋出征，抱着牺牲就义、誓死保家卫国的决心。他们在霞浦东关建起了义乌城隍庙，以激发斗志。在参观大京古城堡之前，我们正好经

过义乌城隍庙，于是进去参观。这是几年前当地群众集资重建的。我们在庙前见到大门上题的"义乌城隍庙"五个大字，对联写的是："戚继光平寇卫国，义乌兵保境安民。"为了缅怀戚继光的丰功伟绩，庙内专设"戚继光纪念室"，悬挂戚继光的大幅画像，还挂着许多歌颂戚继光功绩的条幅。义乌市宗教局等曾组团来参加一系列活动，这不仅是道教活动场所，又是戚继光平寇驻军处所的历史文物保护单位，成为向群众进行爱国主义思想宣传的活动阵地。2005 年，中央电视台"走向中国宁德"摄制组来这拍摄道教景观，并以"城隍作证"为题播放。

霞浦古城堡的风云，使我想起年前到欧洲访问，在德国莱茵河畔看见许多古堡，那古堡是用来驻扎军队、为征战留下的遗址。而我国的古城堡，住的是老百姓，屯兵是为防御外来侵略者，它是抗击异族入侵的坚强堡垒，放射出民族庄严威武的光芒。

溪流澄照濯廉村

林登豪

福安市西南有个颇有名气的廉村。它位于溪潭镇的穆赛溪中游溪岸，是当时著名的津渡，故名石矶津。它是商贸重地，进进出出的船只如鲫鱼过江，街巷交错，繁华一时。

南宋后，便捷发达的水陆交通，促使好山好水的廉村呈现经济繁荣、文化发达的景象。随着时光的推移，它尽显"海舟鱼货并集，远通建宁诸县，近通县城及各村"的欣欣向荣的景象，也招来外寇的骚掠。明嘉靖三十九年（1560）为了保家卫民，人们筑墙以御倭寇，故称廉村堡。

我穿行在明代官道上，它的宽度时大时小，中间用细小鹅卵石嵌出八卦或太极图形，精美的图案令游人过目难忘。这些鹅卵石被数百年来先人的足迹磨得圆润，历经风雨轻泅，微闪柔和的光泽。徘徊在纵向平铺的三条石铺官道上，我细细品味两旁的古民居，一种文化气息从祠堂、石狮、古井和檐角缓缓升起，滋味越来越浓了，透出村居的娴静和安详，令人品味出村落的和谐之美。在这片有限的空间中，陈氏的四大祠堂堪称

出色的代表作，它包括一所总祠和三所分祠。总祠祠门楼为悬山式翘檐，饰有龙凤等吉祥物，"世耀德星"和"春秋祀典"的巨匾高悬，尽显庄严肃穆。

这祠三面封闭，每进的大门都能敞开。祠内雕梁画栋，精美的窗雕采用镂空的技术，一些细节尽显精致华丽。高处飞檐翘角，高低错落，疏密有致，这些方木叠垒或斗拱的，出檐深远，颇为大气。院内凸出的最为精美的是大戏台，它三面敞开，便于村民由三个方向看演出，戏台顶为歇山顶，檐口高，翼角飞扬，似雄鹰欲飞。虽然许多东西被时间剥蚀了，但还依稀可见当年的厚重。

这个村庄存在于四千年前。村里有个贫困的薛姓读书人，名令之，字君珍，号明月，他在灵谷草堂青灯下勤读经史，饱览诗书。唐中宗神龙二年（706），穷书生中了进士，成就了"文章破八闽天荒"的福建有史以来的首位进士。尔后，他官至左补阙、太子侍讲，为皇太子李亨讲授九史。

薛令之是个廉洁刚直之官。经过认真的体察，他发现唐玄宗沉迷淫乐，宠用奸臣李林甫为宰相。其人心术不正，口蜜腹剑，小人得志，专权霸道，垄断朝政。皇帝不明察秋毫，任其排挤东宫太子身边的朝官。薛侍讲对腐败的朝政大为不满，毅然称病辞官，挂冠归隐。廉村的半斗岗耸起清官刚直不阿的脊梁，

穆溪水滋润他疲惫不堪的肺腑。

　　不久，唐玄宗得知令之为官清正，勤政爱民，不受贿，不敛财，故家境贫乏，就下诏以长溪县岁赋助其家用。他却甘于过平淡的日子，不肯多取。数年后，皇太子李亨（唐肃宗）即位，念其教诲恩德，特下诏回朝重用，待到圣旨到达村中，薛令之却与世长辞了。皇上感慨不已，又下诏敕名忠臣故乡为"廉村"，村边的溪流为"廉溪"，其读书的灵岩山为"廉山"，以表彰他的高风亮节。"三廉"的名称沿用至今，现已被宁德市政府定为爱国主义教育基地和廉政教育基地。我徘徊在古民居中，凝视清澈的溪水，眺望苍翠的灵岩山，迈开敏捷的步履丈量良臣的尺尺刚正和寸寸明廉。

　　薛令之名显之后，廉村成为文化村，一个村庄名著千秋册，文兴八代衰。宋代的朱熹到此地讲学，又促进文化村更上一层楼。

　　从宋朝到明朝，于灵岩山与廉溪村城堡间的半斗岗上设立了书院和学馆，山间幽室，清爽宜人，真是一个做学问的好去处，必出俊彦。书院广纳四面八方的名儒及远近游学之士，从事学术探讨和交流，促使了这个村庄的文化在不断的交流中日显兴盛。

学馆也是培养本村子弟的重要阵地，翰墨书香中，充满一种婉约的气氛，产生了读书、中举、做官经世致用的氛围。小小的学馆造就了"士欣欣有进取之志"，出了 33 名进士，呈现了一门五进士、父子兄弟三代高第的神奇文化之旅。村庄不大，却人才辈出如繁星。

一代名儒朱熹生前曾三次来廉村。他首次是随父亲朱松瞻仰薛令之的故居，第二次和第三次都因规避当时禁"伪学"之风潮，应进士陈骥和陈俊的邀请，到半斗岗书院讲学，并创立了"闽学"。他在自己的卧室题有一联："水天深处神仙府，禾稻丰时富衣家。"这对联透出朱先生坦荡的心胸和旷达的情操。朱子为廉村题写了"华山"和"癸水"两碑——"华山"是父，"癸水"是母，告诫后人不要忘记父母的养育之恩，一定要孝顺自己的双亲。至今，"癸水"之碑依然伫立在西城墙头。

2008 年 10 月 14 日，廉村被中华人民共和国住房和城乡建设部、国家文物局公布为中国历史文化名村。悠悠的古村落，漫漫的古官道，行走的风景虽然离我而去，然而这个村庄远山近水皆有情的韵味却在我的记忆中留下片片陈香。哦，廉村，座座的民居、学馆和书院是知识的源泉、思想的力度，点亮了一方水土的历史灯盏，一束耀眼的光芒闪烁我的心灵。

廉溪舟中

[明] 刘中藻

万态烟云一叶收，盘中虽冷亦何求？
廉溪风节清如许，且与黄花订晚秋。

一片平寂

陈树民

　　到这桥头，心便静了。桥、水、榕树，仿佛梦过。桥是铁色石板古桥，长长伸去；水宽宽流碧；榕树便又高又绿，盖了半道桥、半爿水。牛"得得"过桥，村妇水边洗衣，更添了几分古意。

　　桥头默立宋代石人和一尊玲珑古塔，望住桥望住水。另有几方石碑。其间"赤岸石桥"碑文曰："……唐贞元二十年（804）日本空海大师在此以南海口登陆。"

　　过桥，踏着石板，踏着清流，一切已刻心中，还一步三回头。慢慢走出那榕荫、那水、那桥，仍恋恋回首。

往东南，一片舒目田园，撒落几群田鸭。稍远，山岭似一列紫赤屏风。到赤岸村了。迎面几丛绿树、翠竹、桃花。村头屋边，一株纤巧的桃树身姿诱人，风中喷溅着满枝红艳。

禁不住，悄悄折了枝。却有声响，说少一枝，少了多少桃子。

因空海大师而建的望海亭立在村前。望不见海，望见一片田野。

问田中人，才在松树墩寻着"空海漂着纪念碑"。还没海，也望不见。海在远处。眼前一方方田园，春风水一样四下流淌，有几丛绿，是竹，是树，吐出两声深幽鸟鸣。桃花正盛，远远近近艳红，火烛般照耀田块。几声吆喝，黑的牛踏出油污泥浪，鸟雀海鸥般扑下啄食。

可真真是当年大师上岸的地方，只是沧海桑田，全变了。而今村中还有"船靠松树墩，货发涵头街（赤岸一条街）"的老话，可见昔日海边赤岸的繁华。

碑静立土坡上，两爿，一左一右，一前一后，重叠一半，叠处透着圆孔，似眼睛，像日头，任人遐想。

陈列馆在村中。门洞开，无人。庭中有前几年日本僧人带来的空海石像。大师头戴竹笠，身披僧袍，一手托斋钵，一手挂禅杖，似在默思，又似注目大海方向。身前几炷烧残的香火。院内树绿花红，几声鸡鸣翻墙而来。遥想大师当年一片虔诚随使船求法，途遇台风，漂泊到此……不觉间，那枝火样桃花，已红艳大师的脚下。

抬头，庭外榕树一片绿荫盖来，便想到每回日本僧人远来祭拜时小村的模样：小车入村，十几里外人都来了，似当年村前海潮样，随客人涌来涌去。他们涌进这庭院，指指点点，眼忙，嘴忙，惊飞榕树上鸟雀。僧人却静默。大师像前，摆了当年的使船模型。几声磬响，诵经声顿起，漫着庭院，漫了村子，四围又静了。人、树、古老的村舍，都聆听那份虔诚。

祭海亭在好几里外。有海了。却退潮，抹出大片滩涂和海腥气，任鸟跳跃。海水在远处亮亮地抖动。一阵响，是亭边渔妇脚踏缝纫机拼接渔网。渔网青青，撒满沙滩。小孩在堆沙。当时祭拜的日本僧人也在这祭海，洗去旅尘，脱了洋装，戴竹笠，披僧袍，一脸古朴，和苍苍天、青青海与岛，站成一幅画。

分水关

白荣敏

闽山浙水本无边界。

我无数次地坐车来往于闽浙边界分水关，如果不是醒目的道路标识和蜿蜒居之高处的古防御墙提醒我，倏忽之间就从这省到了那省，一点也没有察觉。

就像古时候的越人。

这个生活在长江以南的古老民族，当年生活在一片蛮荒之地，使用一种被称作"戉"

的神奇的大斧，喜欢在身上刻各种飞舞的龙蛇之形，并像鸟儿一样巢居在树上。

相传居住在福建北部、浙江南部的闽越人还善于使舟和水战。

这样的一群人，生活在古闽越地，他们手拿大斧，一阵子从泰顺跑到福鼎，一阵子又从福鼎跑到苍南，追逐野兽，开垦土地；或者一起驾船来往穿梭于沙埕（属闽）与对岸的下关（属浙）之间。

他们一定不知道脚下经过的将是一个闽浙两地之间的关口。

他们本来是同一个血统，同一个部落。走过春秋，走过了战国，终于有一天，他们名义上被分开了，成了两个国家的人。

公元前202年，汉朝廷封闽越族首领无诸为王，不久又陆续将王国一分为三：浙南为东瓯，福建为闽越，闽西粤东一带为南海。

东瓯国和闽越国的划分是否以分水关为界，我没有在史书上找到详细而具体的记载，更没有找到可以作证的实物。

但"州县之设，有时而更"（郑樵语），作为划分不同国家领土的界线，边界除具备最根本的地理特征外，还具备与生俱来的政治特征。"山水之秀，千古不易。"（同上）地球表面本无边界，只是在有了人类并建立了国家之后，才用象征性的界线把地球表面人为地划分成不同的区域，用以标示每一个国家在地球表面的范围。所以，边界从一开始就具有政治性。

而政治的操作是善变的，是随着时代发展的具体情况而不断变化的，所以，闽浙两省之间在古代的分分合合，真是一言难尽。

历史的脚步走到了唐、五代。一个名叫王审知的人登上了福建历史的舞台，他的名字也与闽浙之间的分水关紧紧地联系在一起。

《福宁州志》载，叠石、分水二关，俱闽王所置，以备吴越。

史载，闽王王审知处理边民动乱，力求"化战垒为田畴，谕编氓于仁义"。按照这个说法，他是不会兴土木在分水关建造关隘的；但细想之下便可以理解，他的这个战备措施是为了闽中百姓更好地休养生息。这与中国古代军事理论的灵魂是相通的，战争是为了和平。

车出桐山盆地走104国道往东北方向，开始爬坡，15千米长的山坡尽头，就是分水关了。站在高处，目光向着东海的方向，顺着延伸的山峰，山脊两边的闽地和浙地截然分明矣。

分水关古城墙就在我们的脚下蜿蜒。考古学者的结论毋庸置疑地告诉我们，这就是建于五代十国时期的城墙，并把它叫做防御墙。有了这雄伟的防御墙，相对强大的吴越国，想越过分水关攻打闽国就变得异常艰难了。

有意思的是，一条古驿道与防御墙成90度交叉，防御墙生生地透着一个圆拱门，让古驿道穿墙而过。

古驿道由块石铺就，时光把块石的表面打磨得光滑，因为有了新的现代化的交通要道替代，被毁弃的古驿道路面长满了青草和苔藓。消逝的时光里，这条古驿道承载了数不清的来来往往，它见证了分水关既是古代福建防御外敌入侵的军事关隘，同时又是闽浙两地重要的交通驿站，中原文化通过这个孔道进入闽地，使闽东成为福建最早接受中原文化影响的地区之一。

望着这样的古迹，我们不免心生感慨：山水相连，一墙如何就能分割？人情相通，一关如何就能阻断！闽浙之间的人民百姓，哪一天断过来往！

只是，有了这样一个关，在心中，人们寄托了多少别样的情——

北宋元祐进士、浙江瑞安人许景衡《分水关》诗曰："再岁闽中多险阻，却寻归路思悠哉。三江九岭都行尽，平水松山入望来。"有了关卡，便有了异乡之感，平生了思乡之情。南宋绍兴进士、莆田人黄公度《分水岭》诗曰："呜咽泉流万仞峰，断肠从此各西东。谁知不作多时别，依旧相逢沧海中。"有了关卡，便有了异地之感，平添了惜别之情。

而更多时候，人们不愿意有那么明晰的边界观念："一道泉分两道泉，层层松栝翠参天。鹧鸪声里山无数，合向谁家草阁眠？"（清盘江逋客《分水关》）

是的，山水之秀千古不易，而闽浙边界有无之中。

太姥三绝

陆昭环

太姥山方圆40里，群山蜿蜒，重峦叠嶂，风光奇美。从覆鼎峰远眺，太姥在群山中，犹如一盆景。群山环抱于斯，山色翠绿，几不见一石，而太姥风景区却奇石垒垒，集中一处，几不见一树。这是造化巧夺天工，集奇峰异石于一炉，难怪有炼丹之说。白云寺后有"天下第一山"五字，相传为东方朔所书，奇峰怪石荟萃一山，亦确实于名山中之独无仅有。此一绝也。

然而，太姥山之胜远不止于此！

初游太姥，得见国兴寺废墟，眼界为之一宽。至今残存的360根大石柱，是1100多年的旧物。石柱是质地优秀的花岗岩，旁有唐代石塔，距寺百米，可见国兴寺规模之大。从国兴寺遗址测量数据可知，此乃闽中屈指可数的大寺。寺废于宋末，但遗址尚存，石柱有七根依然竖立着，其余皆卧于废墟之上。石塔在一小山头，原已倒塌，近年从山坡下拾得遗石，重新修起，

已成一景。可叹在国兴寺正中，以现代的结构重建一庙，供人进香，实则大杀风景，恰恰是佛头着粪！

重修国兴寺，不易，亦大可不必！对历史文物的保存，世上有两种截然不同的观点，一是复旧，一是重修。西方学者大抵不同意对文物古迹进行复修，因为那样做已失去古文物的真谛。意大利和希腊的很多遗址，以其灾难性的残缺更使游人流连忘返，仿佛进入当时的时空，感受那造化的神秘，世事的沧桑。我想，国兴寺遗址，只要把三百余根石柱重新竖起，残缺处亦任其残缺，仍不失为闽中一大胜景，可吸引更多游客。苏州双塔寺，古寺倒塌，他们将石柱和牌坊保存于原地，寺内遍植名花，寺基绿草如茵。看惯了江南修葺一新的寺庙，到此无不耳目一新。国兴寺如果拆其新寺，重返唐时遗迹，亦不但是闽中一绝，也可为江南一绝！

太姥山风光，离不开大海，这是桂林、黄山、武夷所缺的。太姥山和唐宋的宗教、海交，亦有着很深的联系，可惜没有得到应有的重视。泉州在唐宋是东方第一港，波斯人摩尼创立摩尼教，随着海外交通在唐宋间流入中国。有国兴寺这样辉煌大寺的太姥山，海外舟楫在此留下摩尼教的遗迹，则是理所当然的。然而，游览指南却不屑提起。就在九鲤朝天景观处，有一陀九岭，一方巨石留有两方摩崖石刻，其一为明万历年新刻，诗曰："太姥遥临海国宽，梯航日出望中看。夜深击筑摩霄岭，万里风吹月影寒。"另一石刻字迹不清，较明刻年代更远，诗中则有"盘旋鸟道耸虚空，隔断摩尼顶上宫"之句。后人不知摩尼为何物，更不知顶上有摩尼宫。白云寺附近，有一小石庙名为梦台，旁有一石曰船台，下有一古井，因不醒目，现均废置。梦台古井等很可能是原摩尼宫旧物。发掘太姥山摩尼教遗址，有可能打破泉州草庵摩尼石佛是"我国仅存的摩尼教遗址"的定论，给太姥山带来更大的知名度。

太姥山三绝，应在更高层次上加以宣传探讨。万山中唯有一座石山，这种地貌在地理学上亦属罕见。太姥山花岗岩的洞很险，也非桂林石灰岩洞可比，更有开掘价值。国兴寺遗址的发掘，对于唐代大型庙宇建筑艺术和闽中古代庙宇建筑的研究，亦有着不可替代的意义。现在遗留在荒地上的石柱石雕，尽可作一些清理。看到那巨型石槽作为新寺的水泥灰缸，当事人见怪不怪，游客却摇头再三叹息。摩尼教遗迹的发现，只要有心人稍加考证，便可以成文公之于众。太姥三绝，将给闽东带来更多光荣。

一过客匆匆，言多必谬。唯愿太姥名山，多姿多彩！唯愿大海给我们富足，在波涛汹涌时日，太姥给我们弄潮儿以安宁。

太 姥 山
[唐] 薛令之

扬舲穷海岛，选胜访神山。鬼斧巧开凿，仙踪常往还。
东瓯冥漠外，南越渺茫间。为问容成子，刀圭乞驻颜。

大厝寻梦

薛宗碧

    大厝在白琳镇的翠郊村，省级文物保护单位，称洋里民居。它建于清乾隆十年，自诞生起，便默默无闻地任凭岁月风雨的剥蚀，像一位出世的高人。即便是门前驿道最繁忙的时候，也少有人问津。如今它出名了，上电视、上报纸、上画册，成为一个热门的旅游点。

    清朝的白琳镇因白琳工夫茶而名扬四海。在当时外国人的世界地图上，就标有它的大名。白琳工夫茶的创始者，就是大厝的先祖。先祖姓吴，乃一介头顶斗笠两腿泥的茶农。传说有一天，他挑大粪上山，不小心挂在扁担头的饭团掉进粪桶里，他急忙捞起饭团，放在溪水冲洗，然后吃了。这行为感动了上苍，老天爷开口指点他，改开荒种茶为做茶庄茶行生意，然后买田

买地收租，再办学堂教育后代。吴氏老祖宗遵天意，大获成功。

吴氏老祖宗发家之后，先后出资为四个儿子建了四座大厝。现存的三座，以规模和风格论，翠郊大厝最具代表性。它占地面积 1400 平方米，建筑面积 5000 平方米，360 根柱子，3 个三进合院，24 个天井，6 个大厅，12 个小厅，192 个房间，比山西沂县的乔家大院、浙江诸暨的斯宅大一倍。就单体建筑而言，其为江南古民居第一。过去建木头房子，最吃力的是衔扇，要求在一个时辰内，把柱子组装、竖立、排列完整。360 根柱子呀，必须用三四倍于它的桁料方能衔接起来，以一根柱子 4 个壮汉合力计，需 1200 个壮汉。一个小村子哪里去找这么多人？老祖宗想出一条妙计。他们去温州、上海请来两个戏班，唱三天三夜大戏，观众免费吃住。听到消息，四面八方的人赶来。衔扇时辰一到，演出暂停，主人上台请观众帮忙。受人恩惠，举手之劳，大家哪有不帮之理？由于仓促匆忙，结果出了差错，将二进与三进的柱子弄错了，变成二进高于三进。但却错出了名堂——中脊四放、三合回笼，格局竟与皇宫相仿。

大厝的整体建筑，可谓古香古色，朴素无华，"朴素而天下莫能争美"。但它又充满艺术，几乎全部是用木刻作品装饰而成。这些作品，借人物、动物、植物形象和文字图案，寄寓吉祥如意的希望，其造型之完美，刀法之精细，让当今艺术家赞叹不已。数以万计的作品，找不出一件雷同的，倾注了一个民间艺术世家三代人 13 年的心血。他们哪里想得到，《中国老房子》一书收入他们的数十幅作品照片；他们哪里想得到，现代的艺术家，一次又一次来观摩他们的作品；他们哪里想得到，今天千千万万游客，在他们的作品面前流连忘返。他们压根儿就不

会去想，甚至连在自己的作品上留个名也不会去想，更不会去想什么不朽了。可他们的作品却与他们融为一体了，作品就是他们，他们就是作品！

传说吴氏主妇被木匠们工作的认真和辛苦所深深感动，生活上对他们特别照顾，以致泥水匠产生了嫉妒心理，用盐巴掺和三合土，在大厅地面造了尊三宝隐像，想让吴家断子绝孙。幸好木匠发现，及时做了一道高门槛卡在三宝脖子上，使之有口不能开，破了泥水匠的魔法。如今，每逢初一、十五或佛期，五更天，还可听到三宝敲木鱼的声音。老人说，听到木鱼声，一生幸运。故而，许多乡邻、亲友，在这几个特定的日子，都要来此借宿一夜。美丽的故事总能博得人们粲然一笑，然其深意何在，则取决于人的悟性了。

看过大厝的人都说，这里蕴藏的文化太深厚了，有建筑文化，有宗教文化，有美学文化，有居住文化……无论哪一类专家学者来到这里，都能找到自己研究的范围。我们不妨以卧室论，就有许多讲究。清光绪年间，吴家一男青年，订翁江大财主肖

29

家小姐为妻，尚未完婚，他不幸身亡。肖家小姐说，许他为妻，生死都是他的人！她决意到吴家守寡。她出嫁时，嫁妆甚多，仅一张全间床，就抬了十几杠。全间床，顾名思义，一张床就摆满一个房间。过去有钱人睡的床，有全间的、半间的、十一扇的、五堵花的，绘画雕刻，美轮美奂，艺术价值极高。一张全间床，包罗万象，内有茶几、桌椅、衣柜、衣架、扁奁、嵌箱、鞋柜、梳妆台、脸盆架、马桶、火笼等，还有床上用品的被、褥、席、枕，以及饰品之类。如今，人去屋空。尊贵也罢，低贱也罢，已经不见了丝毫痕迹。老人告诉我，过去吴家专有一个丫头负责开关窗户，开完半天，关完半天。现在，倘若一个人转几个空房，恐怕就要毛骨悚然了。它们毕竟风光已过。此一时彼一时，岂可同日而语？

到翠郊大厝，人们最想看的是那件镇宅之宝——清名宰刘墉题写的楹联。楹联挂在三进主大厅的中柱上。其上联曰：学到会时忘粲可；下联曰：诗留别后见羊何。粲可指的是达摩祖师的两个弟子：二祖慧可、三祖僧粲。羊何说的是南朝的一对诗友：羊璿之、何长瑜。刘墉这个大人物，怎么会给山沟沟里的吴家题写楹联呢？我们不要忘了，吴氏先人遵天命，发家之后，办了两所学堂，一文一武。至清末，两所学堂培养出20多个太学生，贡生、监生、庠生数以百计。他们中有6人当上七品官，7人当上六品官，15人当上五品官，3人当上三品官。这么多当官的，还拿不到刘罗锅的字？我以为，吴家的兴盛，而且福泽延绵，归根到底是对教育的重视。

　　如今，大厝已是人去楼空，像一朵孤芳自赏的牡丹，绽放在远离尘嚣的山坳里。吴氏后人全都走出大厝，到国内各地甚至国外去发展了，因为他们有知识，目光远大。他们的老祖宗建造这么大的房子，无非想的是享天伦之乐，过几代同堂的生活。他们做梦也没有想到，儿孙们会离开老巢。大厝只留下老祖宗的旧梦，让游人去寻觅。我仿佛听到它在说：封闭的繁华，是绝对不能持久的！

悠悠古廊桥

吴 曦

　　这个季节已经有了慢板的韵味。经过了漫长的夏季之后，闽东的秋野，升上了一层浅浅的绿意。草的清香四处弥漫开来，让人感受到扑面而来的明净与清爽。时断时续的雨，使紧张的心弦变得松弛。雨意悠悠，我喜欢"悠悠"这个词，它有一种久远与沧桑，有一种穿越时空的闲逸般的柔软。

　　从老远的地方辗转到寿宁这座山城，相约廊桥，相约一段古老的时光，也相约廊桥之外的这个节令以及悠悠的雨意。柔柔软软的雨，为廊桥之约增添了些许古典的情调。收了伞，我们走进廊桥，很惬意地踱着步，细听木板发出的古老音符，像雨滴洒落在心头。倚窗眺望远处，烟雨笼着长长的溪流，两岸垂柳依依，青枝摇曳。写意的山水，为你诠释着廊桥的前世与今生。

悠悠古廊桥，古朴中透着温美，彰显着大山先民们的古道热肠。尽管时光已经流逝了千百年，廊桥仍然有一种浓浓的温馨弥漫在每一个游者的心头。那房屋一样的长廊，那设在廊桥中的木凳、木踏、木床，还有烤火盆，无不透着人性的温情。我们很随意地在木凳上坐坐，在木床上躺躺。真想让自己做一回古人，做一回远行者，回到已经发黄的时光里，演绎一段夜宿廊桥的故事。廊桥是每一位行者的家。匆匆赶路的远行者到了这里，再也不用为前不着村后不巴店而无处投宿忧心忡忡了。感谢廊桥，为你准备了一个充满山野情调的夜晚。溪流，山风，虫鸣，还有窗外那一抹月色……廊桥其实就是古代的驿站，也为来往的商人提供了贸易、交流、娱乐的机会。貌似简陋的廊桥，却有着万种风情。

解读廊桥，我们的心时时被温暖着，像一段柔软的时光从

心底流过。廊桥从里到外都彰显着"柔"的审美意蕴，"柔"的人文情怀，"柔"的生存意志。当地人告诉我们，寿宁的木拱廊桥以单孔跨为多，现存的廊桥最长孔跨 37.6 米，比赵州桥还长 0.5 米，最短的孔跨也有 16.3 米。桥离溪面高度最高的有 100 多米。桥架由泓梁巨木交叉穿梭叠加，不用一枚铆钉。

我们每到一处，都饶有兴致地下到桥底，细细观察古人的巧手留下的绝活。

下了几天的雨，溪水渐涨。桥墩旁的草多次被人踩踏，虽俯身地上，却依然青绿。瓜藤绕着桥墩穿梭攀岩。站在桥墩旁，抬头仰望，我们看到在呈"八"字型的桥架交叉穿梭叠加的木头上，确实没有一枚铆钉。

大山里的人们啊，最了解草的性格了。当狂风暴雨来临的时候，那些参天大树和挺拔的秀林惨遭摧残，而柔弱的草弯一弯腰匍匐在大地上，便躲过了一场生死浩劫。廊桥需要面对的是无数风刀雨箭和洪水的袭击，只有像草一样具有"柔"的性格，才能长长久久与无限岁月相对抗。"以柔克刚"，是山民们的生存法则。山民们从自然界的生生死死得到了启示，把草木"柔"的意念附着在廊桥的建造上，这正好暗合了古代道家"柔"的哲学。"柔"作为求生的意志，在道家看来体现了真正的强大的生命力。这也许正是廊桥能够长长久久存在于悠悠天地间的奥秘所在吧？

我们在寿宁县城的保存尚好的仙宫廊桥内看到一群老人很悠闲地下棋、打牌和闲聊。从廊内的摆设和一些文字，看得出这是当地老人协会的活动场所。这些老人，迟暮的生命因了这柔软的时光，便显出几分亮色了。

有些人，注定无法被遗忘；有些事，终究要名载青史。让我们一起穿越时空的迷雾，追随古人的足迹吧！陆游好游历、喜山水，走遍了宁德的山山水水；黄鞠开隧道，兴水利，造就了郁郁葱葱的霍童大地；戚继光历百战，驱倭寇，佑护了这一方百姓；冯梦龙宽赋税、减里役，求富民之道……斯人已逝，言犹在耳。

拜访古代先贤

宁德市历代状元名表

朝　代	姓　名
宋	余复（绍熙元年庚戌科）
宋	阮登炳（咸淳元年乙丑科）

宁德市历代进士名表

朝　代	姓　名				
宋	阮　环	郑　罕	郑　浮	阮　睿	郑　寄	郑　楫
	陈彦卿	刘伯温	陈邦彦	郑　禹	郑昌龄	王　石
	刘公时	陈　庄	周　矗	张　翩	陈　谧	陈　先
	陈元应	余直方	郑嗣诚	杨秀实	陈德明	陈言应
	张　翰	郑　颖	陈　骏	秦膺刚	陈宋辅	彭梦锡
	林　婷	王宗传	周　牧	黄移忠	郑　肇	余　复
	薛　将	李应辰	余　晏	余汝益	林时英	高　颐
	余　宗	张　翔	陈　溥	黄　时	林士夔	黄梦雷
	李　鉴	翁由诲	梁刚中	赵希伟	赵希龚	赵希谌
	黄履翁	陈鄂祥	庄师熊	郑士懿	彭梦林	陈彭年
	张文虎	陈伯笺	林祖恭	姚梦兆	假舜咨	周　淼
	阮登炳	郑同翁				
元	孙　轶	黄元迁	黄舆善			
明	郑廷实	郑公质	曾　寅	林保童	黄　宜	陈宗孟
	林　泰	谢　霖	高　浚	陈　彬	林　聪	李廷美
	龚　膺	陈　寅	李廷仪	林文迪	陈　褒	陈　褒
	陈　勖	吴国华	陈邦校			
清	林日煟	林秀椿	黄树荣	刘廷珍		

在宁德，寻找陆游行迹

唐 颐

宁德城区的南际公园里，有一尊陆游塑像，他背靠巍巍白鹤峰，旁有淙淙泉瀑飞溅，纶巾博带，面朝东北方。那是宁德人民为纪念 850 年前在此任县主簿的爱国诗人陆游而建的。

乾隆本《福宁府志》记载："陆游，绍兴二十八年授宁德县主簿，有善政，百姓戴之。"寥寥数语，具体有哪些善政，没有述说。我想，诗人辅佐县令仅一年时间，哪能有什么大的善政，即使有一些，也应归功于那个县令吧。至于百姓戴之，大约是大家慕其诗名才气之缘故吧。从诗人留下的有关宁德的诗文笔记，可以一窥已过而立之年的陆主簿当年的行迹和心路。

首先，面对繁杂的公务，总是恪尽职守。比如，朝廷要举孝廉，他积极推荐邑人陈嗣光，且立孝廉坊以旌之，还发表了一通勉励有加的讲话。又如，他可能协助重修了宁德县城隍庙，并为之洋洋洒洒作了一篇记，虽是应景之作，但于今却有相当高的文献价值。

　　然而，我看到更多的是有血有肉、有乐有苦的一个性情中人。

　　他好游历，喜山水，访古迹。诗人几乎走遍了宁德的山山水水。那年春夏之交，他乘一叶扁舟，逆霍童溪而上，两岸青翠，一溪碧水；登霍童山，远眺十里"小桂林"；夜宿支提寺，与高僧"共夜不知红烛短，对床空叹白云深"，"欲识天冠真面目，鸟啼猿啸总知音"。他又作笔记："支提山有吴越王钱弘俶紫袍一领，寺僧升椅上，举其领，而袍犹拂地，两肩有汗迹。"诗人提及的天冠道场的"千圣天冠"铁佛（现存 947 尊）和越王紫袍至今仍是这座唐朝古寺的镇寺之宝，寺庙住持轻易不肯示人。

　　而《出县》和《还县》两首律诗，是诗人对宁德田园风光的讴歌，民俗特色的描绘，淳朴古风的慨叹，以及自我形骸的调侃，写得很有意思。"匆匆簿领不堪论，出宿聊宽久客魂。稻垄牛行泥活活，野塘桥坏雨昏昏。槿篱护药才通径，竹笕分泉自遍村。归计未成留亦好，愁肠不用绕吴门。""霁色清和日已长，纶巾萧散意差强。飞飞鸥鹭陂塘绿，郁郁桑麻风露香。南陌东村初过社，轻装小队似还乡。哦诗忘却登车去，枉是人言作吏忙。"实际上，这两首诗还是下乡调查研究过程的写照，是主簿认真检查春耕生产的总结。

　　诗人在宁德期间，竟然还游历到福州去，他的那首《渡浮

　　　昔仕闽江日，民淳簿领闲。同僚飞酒海，小吏擘蚝山。
梦境悠然逝，羸躯独尔顽。所嗟晨镜里，非复旧朱颜。

　　　　　　　　　　　　　　　　　　　——［宋］陆游

桥至南台》的律诗，钱钟书先生认定是在任宁德主簿期间写的。诗曰："客中多病废登临，闻说南台试一寻。九轨徐行怒涛上，千艘横系大江心。寺楼钟鼓催昏晓，墟落云烟自古今。白发未除豪气在，醉吹横笛坐榕阴。"当年宁德属福州郡所辖，南台是福州的名胜古迹。看来又是水陆兼行，诗人沿着白鹤峰侧的古官道前行，那至今犹存的古官道青石滑亮，阶梯宽敞，蜿蜒直上青天，古道旁巨大的柳杉遮天蔽日，而崇山峻岭，犹如诗人所述"其高摩天，其险立壁，负者股栗，乘者心掉"，极目远眺，"官井之水，涛澜汹涌，蛟鳄出没"，好不奇绝瑰丽。当经过罗源走马岭时，天赋极高的诗人"见荆棘中有崖石，刻'树石'二大字，奇古可爱。即令从者除观之，乃'才翁所赏树石'六字，盖苏舜元书也。因以告县令项膺服，善作栏楯护之云"。看来诗人游山玩水，独具慧眼，发现了古迹，又采取措施予以保护，分明是一项善政。

水利大夫黄鞠

缪 华

大夫在古代是个官名。后来这称呼渐渐流落民间，人们把救死扶伤的医生称为"大夫"。此时说的一个大夫，既是官"大夫"，也是民"大夫"。只不过他不是治病，而是治水。

他就是曾任隋朝谏议大夫的黄鞠。在目睹了炀帝的施暴政、断言路的专制之后，他辞官南隐，携家眷来到了还是荒蛮之地的宁德。他先居于七都蒲源（今周宁咸村）。若干年后，他来到霍童，萌生了"换地"的念头。他主动找到已肇居霍童的姑丈朱福，表达了愿将自己开辟经营得十分有效的咸村让与朱福，以换取霍童。朱福和族人商量后，答应了黄鞠的要求。于是，来自河南光州固始县的黄家，从此在霍童生根开花。

霍童是一个宜居的好地方，山清水秀。山有老君岩、狮子峰等，山形怪异，山景奇特。先是仙家道士摇着一柄芭蕉扇来此修心养性，在摇曳之间，霍童山上矗立起福建最早的道观鹤林宫；后是佛家僧侣持着一根锡杖，也到此弘扬佛法。作为天冠菩萨道场的支提寺，至今仍是福建的重点寺院。境内还有仙岩寺、甘露寺、小支寺、仙峰庵、禅德院等寺院。而水只要有这条蜿蜒的霍童溪就足够了，风清水碧，视野宽阔。这样的地方让黄鞠欢喜至极，一种理想的生活情景向他展现开来。

农业从来就是开基立业的根本。这条被蕉城人称为"母亲河"的霍童溪，是造就"沃野千里"的前提条件。黄鞠深知水利是农业的命脉，举族迁徙到霍童后，就开始率领族人走上了艰难的治水之旅。

对于当年的治水场景，我们无法体验，只能站在那片广袤而肥沃的三角洲上去想象先人的艰辛。根据记载和实地观察，当时的情形是这样的：霍童溪南岸有大片可供耕作的土地，但由于岩岸较高，霍童溪的第三大支流大石溪与其相隔着一座山梁。南岸水利工程的关键是要凿通一条水渠，将大石溪的水引至南岸，这就必须挖断一条名叫"龙腰"的山梁。黄鞠不顾族人的反对，坚定不移地将工程付诸实施。靠锤子和凿子等简陋的工具，他率众硬是在"龙腰"间凿出一条100多米长、1米宽的水渠，然后，从上游修了引水渠，水就"哗啦啦"地顺渠而走，过了山梁，到了南岸。

在完成霍童溪南岸的水利工程后，黄鞠又马不停蹄开始着手北岸的水利工程。北岸的受益面积是南岸的十倍，工程的难度也非常大。北岸地势虽然低平，但在当时没有大型提水机械的情况下，必须选择一个可以提高水位的处所。经过实地勘察，黄鞠选中了"堵坪湖"，这几千米的明渠工程不是难事，但难在于有三四处的山岩挡路，

41

只能开凿隧洞。但隋朝没有炸药，南岸开凿水渠打隧道的经验也不那么适用了。

水克火，火克金。黄鞠采用了热胀冷缩的原理来开凿隧洞。将柴火堆在岩石上烧，待烧到相当温度时，突然用冷水浇火，使岩石在急剧的热胀冷缩中爆裂，再用工具一点一点地撬。他们用这费力费神的"笨办法"，硬是打出了一条四百多米长的隧洞。这个名为"度泉洞"的隧洞，是中国历史上的第一个水利隧洞。宋淳熙二年，宁德县令储惇叙在《晓谕》一文中记载："仙湖，又名堵坪湖，在十二都松岸洋。隋朝谏议大夫黄鞠创凿，长里许，广百有余丈。引大溪水溉田千余顷。湖源远流长，岁旱不竭，附近之田，尽成沃壤。"黄鞠的功绩在"志"和"史"多有记载，现今的《水利志》称他是中国开凿隧洞水利的第一人。

有了水，霍童的大地郁郁葱葱，霍童的人丁渐渐兴旺。黄鞠把中原的农业先进技术进行了推广，在田地间套种油菜、麦、豆等，大大增加了效益。再凭借着霍童溪这一水道，霍童迅速成为经济贸易中心。溪船下航八都、三都出海，上溯莒洲，来往运送农副产品和生活用品，然后转送于更边远的周宁、屏南乃至松溪、政和。相传那时，霍童商贾云集、商铺比邻，一派繁华的景象。

正因为黄鞠的开创，霍童才有了千百年的繁荣昌盛。霍童人称黄鞠为"凿龙腰、开霍地"的"开山黄公"、"土主神灵"，并建祠祭祀。他不仅受到黄氏子孙的祭拜，而且还受到不同姓氏村民的顶礼膜拜。每年农历二月伊始，各姓举办灯节，争奇斗艳，各显技能，除了展现霍童人的聪明才智外，更多的是铭记黄鞠的丰功伟绩。

戚公塑像下随想

石头河

白鹤岭下，松风竹涛，低吟细语。

在苍翠的城市上空，一座英雄的塑像耸立。

一声长啸，战马扬起前蹄，马背上一尊头戴钢盔、身着铠甲的塑像，左手提缰，右执长剑，那被风雨定格下的雄姿，目光炯炯注视着远方的海波。那坐骑也栩栩如生，每一个姿势都充盈着奔腾的力量，那眼神分明一刻也不敢眨一下！

疆场上的拼杀嘶叫早已远去，一个英魂依然那么动人心魄，那个侧身的背影，哪怕只注视一秒，也会令人热血沸腾……

跃马扬鞭西风烈。明嘉靖四十一年（1562）八月上旬的一个拂晓，弯月如钩，一支军纪严明、军容振肃的军队在宁德漳湾集结完毕，一名战将沉着冷静，目光如炬，内心并不平静：保家卫国，军人本色！两年来倭寇流窜到福建沿海各地，登陆骚乱为害，百姓陷于水深火热之中，他早就焦急万分，怒火喷张了。现在机会终于来了，弟兄们摩拳擦掌，一场艰苦的海战即将展开。"开始攻击！"随着翻滚的海水退去，一声号令，兵如潮涌，一场抗击倭寇的决定性战役立即打响。

后人在《宁德县志》上如是描述："南塘戚参将继光着数千众鼓行淖卤中，虽没膝没股，不敢退却。尚隔三港，兵稍息淖间。……贼且骂且笑，以为兵入死地，而不知戚公之神算，正置之死地而后生。于时炮声雷震，众冲霄奋登，贼辟易莫支，千余悉歼，释归被掳数千人，此第一奇捷。"

志书所载寥寥数语，战斗却是如此惨烈。

内海孤岛横屿，在宁德县城东北25里，离陆地最近处只有10里，中间隔着海滩，潮涨时汪洋一片，潮落后满滩泥淖。明军多次涉水进击不成，船运又会搁浅。三年来，千余倭寇盘踞岛上，自恃地势险要，兴风作浪，无恶不作。他们经常四处烧杀淫掠，所到之处十室九空，生民涂炭！正在浙江温州履职的戚继光临危受命，带领本部6000人和都司戴冲霄的1000多人火速赶往前线，一路餐风宿露，南下宁德剿倭。他把目标锁定在倭寇的巢穴横屿岛。这是关键一战！

戚继光率部安营扎寨后，察地形看海潮访渔民，仔细分析，认真吸取了前人剿倭的经验教训，点兵布阵，破敌之策已了然于胸。战斗在朦胧夜色下打响。他指挥戚家军展开"巧攻"，先头部队以当地人使用的土橇代步，后续部队则每人背负稻草一捆，匍匐前进，随走随扔，在通往横屿的海涂上铺成一条稻草路。人人携带薄饼串作为行军干粮。攻岛队伍摆成"鸳鸯阵"式，

12人一组，交替穿插，相互呼应，威猛无比。戚继光身先士卒，全军直捣倭寇巢穴。饶是倭寇防守严密和负隅顽抗，哪经受得住戚家军机智灵活又凌厉的攻势。不到三个时辰，戚家军就攻克横屿，歼灭岛上倭寇。戚家军胜利完成了入闽抗倭决定性的第一仗。

除恶务尽，嘉靖四十三年，当数千名倭寇再度进犯宁德沿海村落，戚继光又率部清剿。闻讯如惊弓之鸟的倭寇慌忙由漳湾退缩至赤溪龟山腹地，戚继光以卓越的军事才能派员侦察倭寇动向，神机妙算，巧布疑兵，率部分兵截击，出奇制胜。终于在霍童小石岭全歼流窜而来、准备外逃的倭寇，又一次大捷！

戚继光把人生最美好的时光献给了抗倭事业，实现了从小立下的宏愿，名垂青史。

立碑命名，建祠堂，塑像……宁德百姓崇敬心目中的英雄，用自己所能想出的各种方式纪念戚公，军粮成为他们的日常小吃，被称为"光饼"。戚公的塑像屹立在这座城市。

四百多年后，我站在这尊塑像下仰望着。此刻风止，一切似乎都凝固了，马栩栩如生，前蹄腾空而起，戚公左提缰绳、右执长剑，似乎随时都可能绝尘而去，战袍和每块肌腱都张扬一种力量，令敌者望而生畏。游人驻足，在景仰中发出了声声赞叹，几多崇敬的种子滋长在一丛丛眸子里。

我翻动历史，戚公的丰功伟绩满纸"哗啦啦"作响，如此生动！我的思绪穿越长长的时光隧道，顿时眼前的塑像隐约带着一股叱咤风云的气势，扑面而来！

你俯视着，目光似乎由警惕渐次深情……

此刻，你在想什么？是在想念故乡，还是静静地回想传奇的一生？千里之外的故里山东蓬莱，可是有"海市蜃楼"和"人间仙境"之称，那是多少人的向往！可你从小就受父亲的影响，怀揣忠心报国之志。嘉靖二十三年，17岁的你承袭父职，担任登州卫指挥佥事，负责山东一带的沿海防守，从此开始戎马生涯。时值倭寇对中国东南沿海的侵扰日甚，日本武士、浪人、海盗等，在官府的支持和怂恿下，与中国沿海地方官僚、土豪、奸商沆瀣一气、狼狈为奸，登陆为害，大肆烧杀抢掠，残害百姓。万里海疆岂容外人侵扰？你痛心之余，决心投身于抗倭大业。上任伊始，你面临的首要问题就是"南倭"。但你毫不犹豫，发出的誓言掷地有声，在天地间回旋着："封侯非我意，但愿海波平！"那心声穿越时空穿透心灵，清脆高远。山峦听到了！海波听到了！

是啊！海疆告急，你奋勇当先，紧急开拔，积极应战，有感于明军战斗力低下，不堪重用，多次上书要求招募新军，遂练就了名扬后世的"戚家军"，造就了你一生的卓著功勋。

身经大小数百战，惨烈的横屿之战是你高超指挥战术的传世之作。独树一帜的"鸳鸯阵"，像往常对敌一样，势如破竹，倭寇灰飞烟灭。人生快事莫过于此！你的英雄业绩和光辉形象挺立在人们心目中，青史郑重书写了一笔。

平　宁　德

[明] 戚继光

乱后遗黎始卜家，春深相与事桑麻。
绿云万里无闲地，浪洗宁阳一县花。

此刻，你在凝视什么？视线中，远方一座滨海城市正在崛起，那时可是一个小渔村。你与宁德结缘，正是因为那场艰苦的海战。几个世纪匆匆而过，宁德故地已是新貌！冲呀，杀！当硝烟散去，海滩上惊天动地的厮杀声转换成渔歌唱晚，城市风和日丽。你变成了一道风景！

我站在这块著名的抗倭遗址上，刀光剑影早已消遁。一条围垦新修的村道直达横屿村中，当年拼死通过的那片海滩阡陌纵横，早已成为村民牧海的乐园，孕育着美好生活的希望。炊烟袅袅，海风徐来，海浪轻展低吟，在天际与海水交接处，一群鸥鸟斜刺低飞，快速掠过水面，欢快地发出几声叫唤。

田畦氤氲，英魂若隐若现，想必是你的祈望划空而过，仍在佑护着这一方百姓生活和谐快乐、安康幸福！

此刻，你在倾听什么？这座城市铭记着你。如今，在她的上空，你俯视的姿态没有变。多少烟云与风雨都从眼前飘逝，个人荣辱早抛之脑后。一个英雄的结局总难免隐含着时代的悲怆。日出日落，城市灯火阑珊。人间既已安享太平，你乐于变成一尊塑像，风景也好！微风渐起，松涛竹浪，林中叶子发出了声响，低语呢喃，那是情人的耳鬓厮磨。哈哈哈，银铃般的笑声！座像下一群孩子玩兴正浓，你猛然回顾，定睛一看，也不由得纵情开怀……

话说宁德两状元

孔屏

陕西作家贾平凹一篇散文里说，他到江苏考察时，见到当地各县市都出了许多进士，有的县还有人高中状元，于是对江浙文化之厚重颇有一番感慨。他联想到自己的家乡，那号称帝王之地的陕西，历史上只出过两名状元，其中一位王杰，原本是名列第三的探花，只是殿试时，乾隆皇帝说江南状元太多了，陕西一个还没有，就改点王杰为状元。

读到这里，我心头情不自禁地涌起了一股对故乡宁德的自豪感。在我们这个闽东北偏远小县，历史上竟然也出过两位状元，和人文大省陕西旗鼓相当。这两位状元就是南宋时期的余复与阮登炳。

余复，子叔，宁德城关人，精于《周官》，学识渊博。宋绍熙元年（1190），余复进士及第，光宗皇帝召见，对策大廷，见其言谈直率，且不攻击别人之短，甚为满意，擢为第一，并当场赐诗一首："临轩策士岂徒然，嗣守不基务得贤。尔吐忠言摅素蕴，我縻好爵副详延。爱民忧国毋终怠，厚泽深仁赖广宣。赐宴琼林修故事，朕心期待见诗篇。"余复感激之余，即就《和御赐登第诗》："风虎云龙岂偶然，信知盛世士多贤。虞庠教育蒙深泽，汉殿咨询愧首延。释褐遽沾琼宴宠，赐诗齐听玉音宣。爱君忧国平生志，敢负周王宴乐篇。"余复先出任洪州金判，在任上体恤民情，办事认真，爱民如子，兴农田水利，修名胜古迹。不久改官，诰受宣义郎金书镇南军节度。至庆元元年（1195），宁宗赵扩即位，诏入史馆，兼实录检讨。不久归里，在宁德城南择佳胜之地，辟园构轩，觞咏其间。

余复著有《礼经类说》、《左氏纂类》及《祭礼》十四卷，《风集渚》《余状元集》等诗集，多不传世。现存清乾隆李拔纂修的《福宁府志》载有余复中状元之时的两篇谢表。清乾隆版《宁德县志》刊载的一些诗，大多颂咏宁德风光秀色及本邑寺观等。

《宁德县志》记载，当余复名列榜首，听传胪唱名时，当众口占一绝："银瓶笔砚照袍新，笔下千军自有神。第一唱名知是我，从来头上不容人。"他将此诗作为家书送回家中，答其父勉励养育之恩。不幸此诗惹出是非，当朝枢密院权臣韩侂胄出于忌畏向皇帝进谗言："余复一跃龙门，野心勃勃，君前奉承，背后目无皇上，敢吟反诗'从来头上不容人'。"光宗问明原委后，并不办其罪。此说虽见诸县志，但我以为这是民间传说。宋代读书人受理学影响很深，从余复与皇帝的唱酬诗及现存的《谢状元及第表》中"臣学未闻道，才非过人，进山林狂瞽之言，无

游 霍 童
［宋］余 复

霍童山峰凡六六，不知仙子在何山？秋风万里一黄鹤，返照半休双白鹇。长剑气横霄汉外，飞泉影落画图间。自怜懒作朝端客，访道寻真日往还。

海岳涓尘之补"的表述可看出，余复是个十分谦恭、内敛的人，不像是"口占绝句"所表现的那种口出狂言的张狂之徒；而那绝句也写得过于直白、粗显，不见文采与功力，不像出于状元之手笔，似乎属于"民间文艺"的档次。

另一位状元阮登炳，宁德漳湾人，南宋咸淳元年（1265）乙丑科状元。宁德县志对这位状元的记载极少，只有一句话，称其："因言贾似道度田，谪云台观；终官吏部侍郎。"此外收录其七律《重游支提读诸公题》一首：

> 佛说华严署刹名，天灯明灭白云生。
>
> 黄金阙下赍金像，佩玉人题振玉声。
>
> 何必山中传印钵，定知海上接蓬瀛。
>
> 登临两度今如许，恨不追陪壮此行。

当时的边远小县宁德，能出状元，应该是件十分轰动的大事，为何县志对阮登炳却只作以上这寥寥数语的简略记述？此中缘由，可能是阮登炳生在南宋末年，中状元后十多年，宋朝就灭亡了，遭遇改朝换代，又是文化相对落后的游牧民族入主中原，传统文化产生断裂，当时的资料大多失传之故吧。

在中国古代实行科举考试漫长的岁月里，据统计，戴上状元桂冠的（包括金、辽、太平天国等偏安一隅之国）一共只有638人，差不多平均两年全国才出一个状元，确是凤毛麟角。据县志记载，南宋时期，宁德总人口才36000人，相当于现在一个小乡镇，是一个交通闭塞、教育落后的贫困小县，但却能出两名状元，可以遥想当年宁德好学重教之民风。

谢翱：一代诗人之冠

楚　欣

　　福安人似乎与文天祥有着特殊之缘！郑虎臣诛贾似道名垂青史，文天祥为之写下了充满正气的楹联；福安三贤中的另一位——谢翱，则追随文天祥举兵抗元，之后又写下了许多悼念文天祥的诗文。

　　谢翱，字皋羽，号晞发，又号宋累，宋理宗淳祐元年（1241）生于长溪县樟檀坂（今福安市晓阳镇），后随父谢钥迁徙至浦城。年轻时他闭门苦读，博览群书，先后两次赴京城临安（今杭州）应试，都没有考取。他对此并不在乎，而是决意以文章成大业。可那时元朝大军压境，南宋已到风雨飘摇的末期，哪里还有可安心读书或作文章的地方？

　　国家兴亡，匹夫有责。谢翱仿效江东提刑谢枋得的做法，在浦城建立了一支抗元的民军。为此，他卖掉田地，尽倾积蓄，以充军饷。景炎元年，文天祥临危受命，大举勤王之师，谢翱率军民投奔文天祥，因他既有文才又懂军事，被署为谘议参军，从此驰骋沙场，万死不辞。

由于双方的力量悬殊，抗元军队节节败退，但文天祥一直坚持作战。为了建立抗元的最后根据地，他让谢翱先行入粤。两人在赣郡的章水边惜别，文天祥将自己珍爱的一方端砚送给了谢翱。

谢翱与文天祥分别后，率乡兵暂时屯于循州南岭，虽然只有一个多月，却因不能在文天祥身边而怅然，写下《秋叶词》：

> 愁生山外山，恨杀树边树。
>
> 隔断秋月明，不使共议处。

之后不久，即祥兴元年（1278），文天祥的军队遭到元将张弘范的偷袭，兵败五坡岭（今广东海丰北），被俘押往大都。三年多的牢狱之灾，他仍正气凛然，坚贞不屈，在至元十九年（1283）十二月九日被杀害。

文天祥殉国后数月，谢翱听到噩耗，悲怆万分，作文祭拜恩师曰："章贡之别言犹在耳，水寒天空老泪如霜。"

宋亡之后，谢翱流匿于两浙，终生不仕，写下不少忧国忧民的诗作，尤其是对文天祥的怀念，绵绵不绝。至元二十年（1284）初，他和几位朋友到吴郡姑苏（今苏州）的夫差台，哭祭文天祥，数日后作《春日寄书代乡人答》，"故垒夫差地，遥知哭为亲"。至元二十三年十二月，文天祥殉国四周年，他独自到绍兴

短 歌 行

[宋] 谢　翱

秦淮没日如没鹘，白波摇空湿明月。
舟人倚棹商声发，洞庭脱木如脱发。

登稷山越台哭悼，并作《哭所知》，"雨青余化碧，林黑见归魂。欲哭山阳笛，邻人亦不存"。至元二十八年十二月，文天祥殉国九周年，他约友人到富春江上游的严子陵祠，同登西台，设文天祥木主祭奠，恸哭再拜，并作楚歌为文天祥招魂："魂朝往兮何极，暮归来兮关塞黑，化为朱鸟兮有味焉食。"归途，作《西台哭所思》，诗中充满对文天祥的伤悼之情：

> 残年哭知己，白日下荒台。
>
> 泪落吴江水，随潮到海回。
>
> 故衣犹染碧，后土不怜才。
>
> 未老山中客，唯应赋《八哀》。

身处元朝政治高压之下的谢翱，一直过着贫病交加的生活，尤其是抗元复国的理想无法实现，经常处于逃匿状态，更使他的身心受到极大的损害。元贞元年（1295）八月，这位文天祥的忠实追随者终于怀着壮志未酬的遗憾，告别人世，年仅 46 岁。

谢翱是宋、元之交的著名诗人，他的诗作收在《晞发集》，有很高的成就，当年曾产生过不小的影响。明代文学家杨慎称他是"宋末诗人之冠"，另一位明代文学家王世贞则赞美其为"南宋翘楚"。读谢翱的诗可以发现，他的风骨慷慨悲凉，不仅继承了中国士人忠君爱国的传统，更得益于追随文天祥举兵抗元斗争的磨炼。这是一份宝贵的文化遗产，值得后人珍惜。

县令·茶心

伊漪

明崇祯七年（1634），先生六十高龄，长髯拂胸，布袍宽衣，白云两袖。他折一身瘦骨，怀一袭壮志，800米高处（寿宁县海拔800米），极目远眺："出岫看徐升，纷纭散郁蒸。莲花金朵朵，龙甲锦层层。似浪千重拥，成文五色凝……"（《寿宁待志·纪云》）好一派吉兆瑞气。四周青山争翠，缕缕馨香的绿，深深浅浅，簇簇团团，浓得化不开，万山层层叠叠的好茶园。端一壶春水煎茶，斟而细呷之，浓浓的，醇醇的，润润的。茶过三巡，气爽神来。先生气势沉雄，襟怀超然："余虽无善政及民，而一念为民之心，唯天可鉴。"（《寿宁待志·祥瑞》）字字如散珠溅玉，

三甲：南门，住初垄，出细茶。
十甲：南门，住葡萄洋村，出细茶。
茶出七都。

——摘自冯梦龙《寿宁待志》

落入茶盅，声声振耳。于是后人自有评价："政简刑清，首尚之子，遇民以恩，待士有礼。"（《福宁府志》）

践一回茶约，炎炎夏日，我寻寻觅觅拨开近四百年厚重的时空，与先生对晤"戴清亭"。

一方茶桌，搁着《寿宁待志》，先生亲自斟满一盏寿宁的"工夫茶"，双手捧起举过头顶，抬头祭天，仰天浩叹：

洞庭君山茶算何物，四川沱茶算何物，大红袍、龙井算何物，皇帝钦点、名士赞赏何足道。人分上下，茶无贵贱，我寿宁的"工夫茶"汲高山之灵秀、天地之精华，谁来尝尝！茶能生金，养育恩泽我寿宁一方百姓，茶是上苍派来辅佐我主政之神呀。

我慌忙端起茶壶，敬敬然细啜慢品，果然如嚼橄榄，芳冽不俗，兼肉桂之浓馥，龙井之苦清，数巡过后，舌尖微甘，舌根清绝，余韵袅袅，那玄奥与幽远如小提琴奏出的高山流水，丝丝缕缕渗入心底，直让人欲罢不能，于是茶香、炷香、心香，揉成一片。抬头望先生，先生泪湿青衫，已携一缕茶香飘然而去。

此刻，月光如水，水凉如夜，茶影婆娑。

翻开《寿宁待志》，先生治县四年，"以勤补缺，以慈辅严，以廉代匮"。他深知："做一分亦是一分功业，宽一分亦是一分转惠。"（《寿宁待志·官司》）于是他微服细访，体察民情，采风问俗，坎坎坷坷走遍全县四坊十八个都图。

此地："城圍万山之中，形如斧府，中隔大溪。"（《寿宁待志·城隘》）

此山："威峰幽壑，一望林莽，落落村烟，点缀其间。"（《寿宁待志·兵壮》）

此田："凿石为田，高高下下，稍有沙土，无不立禾。"（《寿宁待志·土田》）

寿民之艰呵，"峻岭深溪，民贫俗地"。遥想先生当年在寿宁的一千多个夜晚，一盏香茗，一柱青灯，不奢求红袖添香，茶就是红颜知己，与先生心有灵犀。"戴清亭"上先生栏杆拍遍，冥思苦想，寻求富民之道。

先生是个文人雅士，博学卓识，才华横溢，能品出工夫茶醇厚、湿润、隽永的价值；先生是民之父母，寿民的温饱、疾苦耿耿于心间。这里属中亚热带山地气候，日照适度，雨量充沛，温和湿润，发展茶叶得天独厚。于是《寿宁待志》中有重重一笔："三甲：南门，住初垄，出细茶。十甲：南门，住葡萄洋村，出细茶。茶出七都。"（《寿宁待志·都图》）

明代中叶以后，资本主义萌芽，先生出生并长期生活在苏州城，与新兴市民阶层有着广泛接触，这就注定了先生具有商业经济的开明意识。在这之前寿宁种茶多作为自用饮料，交易量少，于是先生宽赋税，减里役，果断提出施政手段："寿邑山路崎岖，负担为苦，此法使于近，不便于远。"（《寿宁待志·积贮》）"斜滩通水，盐贾泛舟交易。"（《寿宁待志·土田》）

斜滩是寿宁南大门的一个重镇，也是闽东、闽北的主要物资集散地和对外出口门户之一。据考证，在先生的积极倡导下，随着市场需求的增加，茶叶交易日益繁荣。当时是小商贩式的经营，毛茶由私营茶贩收购，再转卖给茶行。那时，斜滩水运码头商贾云集，有诗云："风烟团一市，茶香绕千家。……鲤灯今夕见，百里最繁华。"正是先生的大力提倡，打开了寿宁的茶叶出口大门。这些茶叶从斜滩长溪运出，经赛歧或三都海关出口，销往福州、温州、上海、台湾、香港及东南亚等地，通过茶叶出口获取利益，投入再生产，促进了寿宁茶叶的良性发展。

先生已去久远，我手中的工夫茶余温还在。今宵茶醒何处？回答的不是"杨柳岸晓风残月"，只听到浅浅的笑声，伴有仙乐阵阵，细细侧耳，不是水声风声，亦不是人声，是茶语。中有"梦龙"、"寿山香茗"、"寿山莲心"、"凤凰舌"、"南山茶"、"宫山仙蕾"、"洞顶雾芽"等十多种寿宁当今知名品牌之茶仙子，绕着先生的塑像翩翩起舞。

"不须占太史，瑞气识年登。"（《寿宁待志·纪云》）

先生您可释然！可欣慰！

闽台虎将甘国宝

禾 源

穿越时空隧道，徜徉在清康乾时期的历史街衢。甘国宝求学、考举、取士、为官，每一段历程的足音，无不在我们耳旁萦绕。清康熙四十八年（1709），他在屏邑小梨洋村问世，几声"哇哇"啼哭惊喜了甘氏家族，学文习武，几度迁居，终成大器。

清康熙六十一年（1722），年仅14岁的甘国宝参加郡邑文童试屡居前茅。雍正五年（1727）参加武童试入泮。21岁得中武举，25岁进京会试得中第三名，参加殿试得二甲八名武进士。古有谚语"三十老明经，五十少进士"，甘国宝年仅25岁就"登龙门"获得"赐进士出身"这一身份，确实令人敬慕。

走出甘国宝的及第场，再看他的为官旅程，足见甘国宝睿智过人。从御前侍卫起步，历任广东、贵州、云南、浙江、台湾、福建等地游击、参将、副将、总兵、提督，获授检阅操大臣。从三品官升达提督，最后官居一品。更引人注意的是乾隆二十五年和三十一年，他两度被授为台湾挂印总兵，还获赐诏谕"此系第一要地，不同它处，非才干优良、见识明彻者不能胜任"。高宗皇帝十分器重甘国宝，乾隆三十二年（1767）补授甘国宝为广东提督，第二年又召见甘国宝，并赐御书"福"字匾，特准回故里省亲。

甘国宝为官以"兼济天下"为准则，在南澳、闽粤任总兵时，岁值欠收，捐俸薪购粮济灾民。在广东任提督时，惠州遭水灾，米价昂贵，设厂施粥，并劝导富户开仓赈济饥民。在福建泉州又逢干旱，其偕文武僚属步祷甘澎，力降乾坤。

甘国宝历授封疆重任，严守海疆，驱除倭寇，加强巡逻，巩固海防。用甘国宝的话说："防陆者不可处于家，防海者不可处于陆。"于是常坐船率艇巡海。广东、台湾多民族杂居，因而常有一些民族争纠，在广东雷琼镇任总兵时，又值强人猖獗，甘国宝一边熟悉风土民情，团结当地人民，率二卒上五指山，轻骑直入擒其酋长，平定黎民起事，一边倡导礼仪，鼓励耕种，

促各民族团结和睦。甘国宝在台期间严守海疆、倡导礼仪、抑强扶弱，使"兵安其伍，民安其业"，受到台湾人民的爱戴，复任台湾总兵赴台就职时，百姓箪食壶浆夹道欢迎。谢任时，百姓送万民伞和万民旗。他一生戎马倥偬，乾隆四十一年（1776）谢世在巡阅福建途中的泉州。兵部尚书蔡新不惜笔墨写下了《甘国宝行状》数千字，记下他为安邦定国立下的汗马功劳。

甘国宝与人相处，不设城府，性情耿直，刚正不阿，生平又乐善

好施。于屏南漈下倡修马氏仙宫，于古田倡修汤寿桥、朝天桥，于厦门则倡建天后宫，于泉州则倡修元妙观。

地灵而人杰。甘国宝文武兼备，应该说是有本之木。驻足甘氏祠堂"垂统堂"，对面是马鞍山横卧，北有文笔峰挺秀，南有洁霞岭霞光掩映，"垂统堂"后冈伏凤坡古木参天。甘国宝出生地"小梨洋"村前小溪环绕，村对面高山峰主峰削尖挺拔。人们传说这条溪如玉带环腰，高山峰如天赐顶戴，一定能出贵人。甘国宝后迁居靠近当时古田县城的长岭村，再度迁居福州文儒坊。"文儒坊"宅溢文章，巷走诗文。甘国宝青年时代生活在这，耳濡是诗书，目染是官体，又加上他的聪慧，在科举场上春风得意、金榜题名就不足为怪了。

甘国宝能以虎将冠之，应该说得益于屏南经久不衰的习武之风。就其出生地小梨洋，他的祖居地甘漈下，习武之风代代沿袭，至今每至农闲依然设馆练武，男女老少，人人都会几手，小梨洋村还流传甘国宝的梅花棒法。甘国宝得甘氏家族高手的真传，所以能健如猛虎，矫如游龙，气吞万里。甘国宝武修身，文养德，他所到之地喜欢与文人结友，与他们谈诗作画，其以指画虎，堪称一绝。

虽说闽剧《甘国宝》唱的是传奇，街头巷末说的是故事，然而这一切正表现了海峡两岸人民共同铭记着一个名字——甘国宝。

闽东依山傍海，重峦叠嶂，景色秀丽。被誉为"海上仙都"的福鼎太姥山，以"人鱼和谐"闻名数百载的周宁鲤鱼溪，全国独有的屏南鸳鸯溪，天工地匠描绘的绝笔奇观白水洋，从寂寞中脱颖而出的古田翠屏湖……"山作锦屏千秋画，水作琴声不需弦"，置身其中，物我两忘。

感悟

绿色山水

福宁府城图

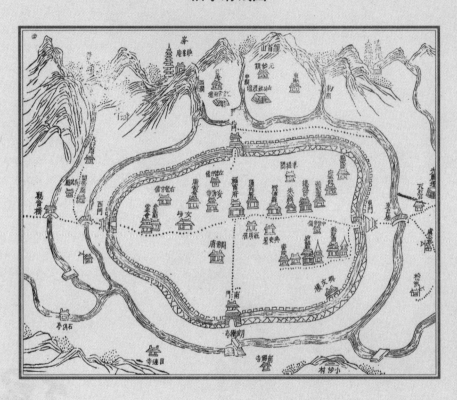

太姥神韵

张　炯

俗话说，"黄山归来不看岳"，黄山以其挺拔奇秀闻名天下。但天外有天，山外有山。中国的名山胜水数不胜数，闽东北的太姥山便算一个。

大约是在一亿年前，我们星球的造山运动便在这里崛起一座永恒的壮伟雕塑，于是在浩瀚的东海之滨便有了这颇具神韵光彩的太姥山！

我是闽东北人，太姥山距我的故乡不过百里之遥，虽慕名已久，却一直不曾去过。去年10月，承蒙宁德地委、行署的邀请，有幸自京南行，从温州驱车跨越闽浙边界到达福鼎县，登

太姥作秋游,实在有相见恨晚之感。没想到福建除有名山武夷外,还有太姥这样的奇山!

太姥的一大特色是临海。山与海交错,山伸进海的怀抱,海深入山的谷底,这是太姥的胜处。山下的名镇秦屿便为海所环抱。自秦屿的太姥宾馆乘车盘山而上,不足半个小时便达太姥山庄,下车抬头,即见太姥耸立的奇峰秀石,有如画屏,高耸入云,赫然展现在眼前。夫妻峰真如一对亲昵的夫妻相倚相偎;罗汉峰酷似18尊罗汉攀援登山,憨态可掬;定海神针恰像顶天立柱;金猫捕鼠,肖极真猫真鼠匍匐石梁之上;还有九鲤朝天,玉猴照镜,金鸡报晓,金龟爬壁……但见满山冈紫黑色巨岩或立、或卧、或倚、或叠,从不同视角望去,千姿百态:有的玲珑剔透,有的峻伟奇特,有的挺拔秀美,有的粗拙豪壮。古人刻石云:"太姥无俗石,个个似神工。随人意所识,万象在胸中。"真是信然。山石间还杂缀青松翠柏和野草乡花。从小局部看去,一幅幅景点有似盆栽;从整体作宏观,则琳琅满目,气概万千,流云飞过,山峦峰岱或隐或现,飘然若仙。我们登临巨岩,但见山脚之下,波涛万顷,海天一色,三五翠岛出没波涛中,仿佛蓬莱神山,招引片片船帆、叶叶渔舟,令人胸怀为之荡然,心旷而神怡!

太姥山不但石奇峰险,而且在石峰丛中隐伏着无数幽深险

蓝 溪
[宋] 郑 樵

溪流曲曲抱清沙,此地争传太姥家。
千载波纹青不改,种蓝人果未休耶。

仄的岩洞，大的可容数百人，小的仅容只身匍匐而过。一线天，七星洞，卡脖子，这些洞名便显见洞的奇与秀、险与美！我们一行在导游的引领下，从洞中时而攀缘直上，时而猫腰蛇行，就像历尽人生困境与佳境，际遇坎坷而又乐趣无穷！

　　太姥山自唐以来即被视为闽东胜境，文人墨客题咏不绝。山中还有瑞云寺、国兴寺、白云寺、天门寺等古建筑多处。一片瓦寺侧还有唐玄宗的题额。通天洞下的半山石坪建有太姥娘娘舍利塔，相传太姥娘娘原为村姑，在山中修道，后来升天成仙了。宋代朱熹入闽，也曾到太姥，在玉湖庵、璇玑洞设堂讲学并注释《中庸》。现在这些古旧的圮败建筑都已经或正在修复。建于唐代的国兴寺虽被大火所毁，当时的 360 根石柱，仍有 7 根屹立地基之上，巍然经受了数百年风刀霜剑的凌蚀！地基的石础还有唐代的人物鸟兽浮雕，刀法古朴，造型奇绝。离寺百步有一座七级石塔，挺直奇兀，被乡人认作镇山之宝，气概也相当豪雄。

据导游介绍，太姥景区还包括溪瀑、海滨、畲寨、古堡，近年来，每季都招徕大批游客，他们到太姥山庄避暑，到秦屿海滨游泳，到村寨领略畲族风情，到古堡瞻仰先人御倭的功绩。从太姥山西麓的翠谷青溪，还可以乘竹筏顺流而下，饱览山川之胜，寄寓陶然之情！可惜的是，我们限于行期，未能从容游览。当我们乘车离去，回首太姥山已隐现于云雾之中，黛色苍茫，疑有似无。人们把太姥山称为"海上仙都"，实在不是没有来由！

嵛山岛：瓷器一样的时光

刘翠婵

　　看到嵛山岛天湖和草场的刹那，我想到了一个词：羽化成仙。岛上所有的草都是羽毛，成千上万的绿色羽毛，在风中舞动，辽阔地绵延到远方。夏日向晚的阳光，在草甸上铺满晶莹的珠子，风牵着珠子晶莹地跳动，从山顶到山脚，从此岸到彼岸，最后晶莹地停在了旅人的眼波之上，又或许就停在山脚下的天湖之中，湖水因此而终年澄澈剔透。瞬间，沉重的变得轻盈，忧伤的变得快乐，此岸和彼岸没有了界限，似乎一切亲近它的心灵，在这一刻都有了无限幸福的可能。

　　风也牵着我，颤颤地走向坡底，走向湖畔。如果此时阳光也让我成为一颗珠子，我一定要坠落在它绿草如茵、碧波荡漾的纯净的胸膛上。透蓝的天，纯白的云，碧绿的草，柔软的风，在这里握手、相拥、耳语、嬉戏、狂欢。云影浮在草上，天光落在湖里。风忽而在山腰上漫游，惹起草浪连连，汹涌着追逐着奔向山的尽头，忽而又起了性子，拼命放肆地追赶天上的云朵。撒野的风，变得强劲，云一路狂奔，眨眼间就躲到山的背后。山的背后是什么？是天涯，是海角，还是神仙的居所？是天涯，是海角，也是神仙的居所。站在云的这一方山脊上眺望，心潮开始起伏，这是怎样的一个地方啊，往前是苍茫的大海，日将落，蚁舟点点，正在归航。薄雾从海上升起，小岛隐约。夕阳被一层淡淡的灰笼住，缓缓的，那灰从海上飘过来，漫过来，漫上心头，心便也生出几分苍茫。而往后却是漫山的青草，遍野的绿，纤尘不染，在天湖四周随山势蜿蜒倾泻，酽酽地流向湖心。碧草在柔波里荡漾，玫瑰红或明黄的余晖在柔波里荡漾，天湖和

草场微曛中有了缱绻之意，天湖醉了，也碎了，只留下一波波酡红的心事，随风潜入湖底，或泛向幽蓝的天际。左手苍茫，右手柔美，在远离大陆的海岛上，我不期然遇到了一段瓷器一样的时光，易碎，但光洁诱人。

暮色降临，又有一段好时光降临。

一牙新月悄悄上了中天，纤细，羸弱，让人心疼。月居然离我那么近，就在我怀中似

的，我抱住了，就像抱住一个初生的婴儿，安详而甜美。夜，斜倚在嵛山岛最高的山梁上，三两星星，恍若晚风中湛蓝的音符，凝悬在天幕间，对视久了，眼里就起了湿湿的凉意。入夜，流连在耳际的，竟不是大海的涛声，而是天湖里此起彼伏的蛙声。我细细听着，听出了无边的宁静，也听出了无边的自在和热闹。夜渐深，月影黯了，星光隐了，心绪宁了，时光在这里搁浅了。

　　还是蛙声，叫醒了沉睡中的天湖和草场，叫醒了一夜不忍离去的时光。天空打开了，朝霞在天际铺陈，云朵成了天上的浪花，翻卷出各种形态，天湖和草场也在霞光中着上新装。捧一把洁净的湖水洗脸，看到湖中的自己，和云影霞光一起激潋。这湖水会流向何方？带着我的影子，湖水会流向远方吗？也许它早已沉沦于万千碧草的柔情之中，早已没有了远方，所以除了停留，还是停留，亘古如斯。

只是我不能停留，我必须离开。

归途中看到了飞翔，一群人在飞翔。他们背着滑翔伞一次次在草甸上奔跑、腾空、飞起，他们飞在青草的气息之上，飞在辽远的海风之上，飞在纯粹的时光之上，周身充满仙人的气度。我飞不起来，只能仰望，只能想象，只能告别。那一刻，心中响起了"簌簌"的惆怅声，关于这里的一切，从此成了前尘。

杨家溪探谜

何少川

金秋时日，"轻寒正是可人天"，一个适宜野外畅游的季节，我再次来到杨家溪。

杨家溪虽然地理位置优越，处闽东霞浦县东北部，一边濒临浩瀚的大海，一边紧靠福鼎市境内的太姥山岳，清流逶迤穿越丘壑而入大海，山海连片，林水相依，融融一体，风光旖旎。但是，或许是它的幽邃，它的不事张扬，长期并不被人们所注目。在以霞浦名县以来唯有的一部《霞浦县志》中，只出现过它的名字，再也看不到有关它的介绍文字，特别是在《名胜志》里都没有给它应有的位置。我甚至翻阅了十几种福建旅游专著，总找不到记载杨家溪的只言片语。杨家溪引起人们的青睐，是近十年来的事。它"藏在深闺人未识"，一旦人们发现了，才惊叹世上竟有此等出类拔萃的瑰丽和妩媚，散发出如此强烈的诱惑力。

我大概是八九年前第一次到杨家溪，当时还是一片荒凉，所及之处也极其有限，只觉得这是一方有开发前景的处女地。过了五六年，我第二次涉足，杨家溪已获批为国家级风景名胜区，

但这只以太姥山的"山、川、海"三大游览区之"川"景被列入的，可以说是太姥山风景名胜区的一个补充。那时景区的开发进展不快，我无暇对其进行较全面的观察，谈不出更多的感想。这次，我是三顾杨家溪，对景区建设有了些许变化倍感高兴。我漫步在"榕枫生态公园"，走过古驿道，浏览初步建成的芦荻野炊区、沙滩露宿区、水上赏月区、山寺揽胜区、龙潭游乐区、船潭垂钓区、竹林聊闲区和浅濑渔火自娱区，并从中游码头，乘坐竹筏顺水漂流，观赏杨家溪的夹岸风光。杨家溪更加真切地展现在我的眼前，使我对它有些新的认识和新的思考。

现在人们注意力比较集中于这条溪。既然景区以杨家溪命名，大家关注"溪"本也是情理中的事，溪确实是条值得游历品味的溪。那一天，蓝天白云，秋高气爽，我坐在竹筏上，迎着习习和风，徐缓地顺流游弋，不由得通体舒畅。杨家溪的水几乎是一尘不染，清澈见底，丝丝水草，颗颗卵石，偶现游鱼，尽收眼里，那是一种能洗涤心灵的清明。水面平静如镜，倒映着重峦叠嶂和婆娑丛林，移步换景，如诗如画，似彩笔挥洒自然神韵。瞭望山景，广袤无际的碧翠严严实实地披盖，像绵绵绿浪漫溢天际，泅染大地。零星的简约而突兀的奇峰怪石，恰到好处地巧妙点缀，使天地间更显幽谧深邃而壮美秀丽。不多的几处急濑跌宕起伏，更让人们有了些许的刺激，给旅程增添多彩的情趣。这里的美，不是那种嵯峨伟岸，让人时不时会怦然心动的美，而是那种娓婳宁静，让人心境得到闲适柔和的美。杨家溪引人兴趣，还在于它的名字。本来这是一个再平常不过的名字，因为岸边村落里聚居的大多数是杨姓家族，从"杨家"门前流淌而过的"溪"就叫"杨家溪"，仅此而已。但是，不知从什么时候开始，民间编撰的传说，赋予它怪异的传奇色彩。说是北宋名将杨文广曾经率领杨家将入闽平蛮，在这里有他征战降妖的遗迹，部分后裔留驻择地幽居，近千年繁衍不绝直到如今，演绎着有关他们一个又一个的故事。这些流传不管真实与否，体现一定的人文价值，也为杨家溪增添无数的魅力。

其实，作为一个景区，我感到最为难得的还是那方容纳有千年榕群、万株枫树的山地。溪流在我国多山的南方到处可见，而像这样的山林却十分难寻，堪称人世间的一块宝地。那依坡的茫茫树海，枫林紧连着榕群，非凡气势，朗朗乾坤，令人悦目赏心。更可贵的是它的奇特，给人们留下一个又一个破解不开的谜。当我们正在观赏那片榕树群时，导游小姐带着俏皮的神色，要让大家数一数共有几株榕树，有人数出八九株，有人数出十多株，都是一些含混的数字。因为遮天盖地的树群，根连着根，茎接着茎，枝缠着枝，一时难以数清楚。据考察，这些榕树已有八百多年的历史，当年朱熹曾避难杨家溪，接受当地一大户人家的咨询，亲自指导在这里动土种植。

虽然它们在漫长的岁月里历尽沧桑，如今却茂密参天，葱茏翠碧，是我国最大的小叶榕，全球纬度最北的古榕群。人们不禁要问，自然造化为何对此地情有独钟？再说那一万一千多株的枫林，是江南所见现有最大的枫香林。据当地老人介绍，面积近四百亩的枫林，既不是年代久远的原始森林，也不是人工播种的手植林，是 20 世纪 50 年代初突然从地表萌发而出的自然生成林。50 年来它采撷阳光雨露自生自长，造就这世上独一无二的奇景。对它的成因，多少人百般思索，仍然找不出个究竟，生物界只好送它们一个新的术语——"杨家溪之谜"。更不可思议的是万木成林之后，有人曾经试图在它的周边种植人工培育的枫苗，但无一存活，让这谜上又加上了一个谜。这片被确认的世上唯一的榕枫林，已荣幸地被载入《中国树木奇观》。人们喻其为"中国奇景，江南一绝"，应该是受之无愧！

于是，在游览过后的路上，我有所感悟，挥毫为杨家溪景区写下这样的诗句：

千年榕群今翠绿，
万木枫林漫山郁。
临溪清流幽水地，
深藏玄机几多谜。

周宁二题

郭 风

山峰和瀑布

《周宁县地名录》称周宁县为一个高海拔的山区县。县境内有 661 座大小山峰，其中主要山峰海拔都在 1000 米至 1500 米之间。我心中不免生出到山县一览的兴致。4 月 16 日下午 2 时，车自福安县赛岐镇出发，沿着穆阳溪岸边的公路曲折地向西疾驰。约一小时后，即进入周宁县境，并开始登上牛岭的盘山公路。

从山麓至半山处，车经若干小山村，它们一一在杂树竹木掩映之间。途中给我印象至深的是，从车窗里时或见到瀑布自岩隙间、自山坳深处奔腾倾泻而下。有的如贵州黄果树瀑布那样，瀑面阔大、壮丽；有的如庐山香炉峰之瀑，若银河倒悬于山间；有双瀑，其中一瀑为岩石所隐而分为数瀑曲折地自山巅飞流而下。还有使我赏心悦目的是，车过处，随时见到岩间、林下开放一丛一丛的杜鹃花。它们的色彩，或红，或粉红，或桃红，或白，或黄，并不是一味的血红色。及至车因山势不止地盘旋而行，将登上岭巅时，我看到高山间的云景，实在美妙极了。与武夷山天游峰所见的云海相比，与庐山含鄱口所见的飞云飞

75

雾相比，与从嵩山的祝融峰上俯瞰浮于湘水之上的烟霭相比，我以为车过牛岭所见云雾的变幻莫测、诡谲绚丽，都不会显得逊色。使我赞叹不止的是，车行至岭顶时，天青日丽，而俯视四野山头，如一座一座翠色的小岛，浮现于温柔而凝固不动的乳白色的云浪之间，气势雄浑。

我知道，在第二次国内革命战争的年代，周宁（当时叫周墩）是战斗于闽东的红军的重要根据地，有许多革命基点村。1934年11月，这里便爆发过革命暴动。县城南郊的一片高地上，一座白色花岗石的革命烈士纪念碑，就如山峰般耸立着。我知道，这里的每一座山峰，都能够叙述红军艰苦卓绝的、光荣的革命斗争事迹。而这里的瀑布，更奔泻着永不枯竭的记忆，汇集成江河溪流的力量。

鲤鱼溪和古井

周宁县的浦源村有一条山溪，名鲤鱼溪。

我看见两边的溪岸上，是鳞次栉比的村屋，溪上有几处用杉木或用其他树干架搭的独木桥。仿佛有一阵又一阵的山风在溪中吹过一般，我看见水草像绿色的飘带在水间摇来摇去，看见有泡沫像一串一串珍珠从水草间升上水面。我沿着溪岸慢慢地行走，观看溪中的鲤鱼。我自然而然地想起杭州的花港，但感到比起花港来，在这里观鱼有一种特殊的野趣。花港池中有多少鲤鱼呢？我不知道。但我听说过，浦源村的这条溪中，目下有三千多尾鲤鱼；其中有灰黑色的，有墨绿色的，有丹红色的，有金黄色的，有红和白色相间的；它们时而潜入溪底，时而成群地在水草间徐缓地游来游去，忽而从水中跃起，又翻身跳入溪中，继续悠闲地遨游。我最喜欢看到它们成群地在暗绿的水草间穿行，这时，我心中便生出一种想象，以为溪中好像有无数热带蝴蝶在清凉的青草间飞行。这条鲤鱼溪，据说源于海拔高达一千四百多米的紫云山之麓，一路汇合许多小山涧的水流，奔驰疾行；流至浦源村时，水流忽地显得迟缓起来。

在此溪流至村屋尽处的岸上，有一座祠堂。这是一座古建筑，极别致。整座祠堂的外貌，有如一只古船立于河岸上。祠堂右侧有一棵大可四人合抱的古柳杉。这里是郑氏宗祠。据云，郑氏祖先于宋嘉定二年（1209）从河北迁居（避难）至此村，则开始在此溪中养鲤，并定下禁止捕鲤鱼的族规。果如此，则是项族规，可算是民间自发的、古老的对于自然生物的一种保护法规。村中祠堂的右侧，尚有两棵古柳杉立于丘冈之上，树下有鲤鱼墓，凡自然死亡的鲤鱼，均葬于墓中。

离开浦源村后，我曾至另一山村洋尾村。这座山村中有三口古井，清澈极了，井中养着些鲤鱼。从井口俯瞰，只见那些鲤鱼在井中的岩石间游来游去。听说这三口井在深处穿过地下岩石，相互沟通，故鲤鱼亦在地下的泉水间游来游去。尚有可记者，即此村亦有一座古祠堂，堂前亦有古柏和古松。此村及其祠堂和井，年代亦甚久远，但村人已说不出建村、建祠和筑井的确切年代了。

鸳鸯溪探胜

孔 屏

这条隐没于闽东屏南大山深处的清溪，因为每年都有千百只鸳鸯飞来越冬而名闻遐迩。

满怀着美好的念想上路去鸳鸯溪，遥望远方那如画如诗的山影，想象彩色鸟戏水的青山碧潭，心头仿佛漾起一片明馨、飘逸的仙气，连迎面轻拂的晨风也变得格外甜润、清新……一路上，我眼前总闪现着昨夜翩然入梦的彩色鸟。

来到隐在大山皱褶里的鸳鸯溪保护区管理处，饮茶小憩后，向前翻过一个山岔，展现在眼前的景象使我不禁发出一声喝彩，真不愧是一个神奇妙处：一脉清溪如玉带在谷底蜿蜒而过，串起了一叠飞瀑、急滩和深潭；夹溪两岸奇峰林立、怪石迭现；飘忽的雾气中，变幻着蓬莱仙境般的景象；满山的古松新竹，密可遮天……那水、那山、那树、那雾……这里的一切，似乎都浸润在纯净的仙气中，以一种空灵宁馨的大自然气息，把游人的心融化了。

从最初的惊奇中缓过神来，游览了第一个景点——百丈岩水帘洞。在人可到达的半壁大洞口前，飞挂着一道瀑布，瀑长120米，宽20米，令人惊奇的是那瀑流薄如纱帘，会随风移动，恰似一长幅飞天飘下的白丝绫，当阳光照射时，变幻着五彩的光芒……站在洞口观瀑，如见飞雪漫卷，如对节日焰火，令人目不暇接。此处如此长而宽的飞瀑，飘挂洞口，而且游人可进洞游览，真乃一绝也。此处已被旅游专家确认为全国五大水帘洞之一。

游览线路斗折蛇行，几上几下，沿溪边半壁一条小径攀缘而前，鸳鸯溪在我们身边尽情地裸露着原生态的魅力。那重重叠叠的急流险滩，那绿得变蓝的深潭，那被大水冲刷得一片光亮，如同上釉的巨石……溪的上游，还有一处堪称绝唱的景观——鼎潭坑。在这三万多平方米的溪谷里，两岸都是陡

峭的蛋清色石壁，溪中有三处圆形的深潭。奇特的是，潭的四周的岩石均围成圆圈，状似灶上的锅圈，似乎可以放下三口巨大的锅鼎，故称鼎潭坑。当汹涌的溪流呼啸着冲下深深的圆坑，飞溅起一片震撼心魄的浪花，那情景颇似春汛时的黄河壶口瀑布，见到这奇特的景观，谁都会惊叹大自然的鬼斧神工。

在溪边的岩石和树木间穿行，林间小径上，铺着一层树籽，黄豆大小，硬壳，颇似栗子，但肉质是苦的，当地人称之为"苦栗"，我捡起一粒咬开尝尝，果然是苦味。这树籽又称鸳鸯果，是鸳鸯最爱吃的食物。当地人把这树籽收集晒干，磨浆制作成一种形似黑木耳的食物，滋阴补肾且风味独特，还给这种特产菜肴起了个美丽的名称"鸳鸯菜"……总之，这里的一切，似乎都和鸳鸯发生关联，从中也可见人们对鸳鸯能在家乡栖息而产生的爱护与自豪的心情。

走在铺满鸳鸯果的小径上，感受绿叶拂脸、溪声如雷的大自然气息，你会觉得这里是鸳鸯栖息的最佳自然环境，难怪千百只彩色鸟千里迢迢南飞时，会选中这一方山水作为越冬之地。在屏南的所见所闻，使我觉得这里的自然环境不但有利于鸳鸯栖息，更有一种热爱自然、保护野生动物的风习。我曾听到这么一个有趣的故事：因为修公路开山炸石，炮声惊动了鸳鸯溪里的鸳鸯，它们飞到了下游属于邻县的一段溪流里。鸳鸯溪的乡民闻讯赶到邻县，一边撒谷子喂养鸳鸯，一边吹竹哨呼唤鸳鸯。那些有灵性的鸳鸯能听懂竹哨声中的意思，于是千百只彩色鸟便随吹竹哨的人回到了鸳鸯溪。邻县的人赶来交涉，抱怨不该把已经飞到他们地界的彩色鸟呼唤走。鸳鸯溪的乡亲笑道，你们也来溪边吹哨呼唤吧，能唤回鸳鸯，就归你们！邻县的人也到溪边试了试，一只鸳鸯也没唤回……

我们继续向上游前进，急切地奔向今天游览的主题——看鸳鸯。据说在一个叫望鸯台的景点，可以看到鸳鸯戏水的场面。正走着，前方岩头上出现了一群年轻人，伴我同游的屏南文友叫苦不迭："糟糕，鸳鸯可能被这些人惊飞了。"据说，每天只有第一拨游人才有机会看到鸳鸯，当潭中戏水的鸳鸯被人惊飞后，会飞到山溪上游无人的清潭，夜间才会再飞回来。游人为了看鸳鸯，往往要悄悄在溪边过夜，才能赶上第一拨。

真是这样吗？怀着更为热切的期待，我紧跟着文友朝溪上游悄悄攀去，在密密的树林中悄悄走着，透过枝叶间的缝隙，我屏息注视着前方的溪湾。那是一个绿水悠悠的深潭，此刻潭面上映着青山绿树和蓝天白云，却不见鸳鸯的影子。

"今天我们来迟了，看不到鸳鸯了！"文友以抱歉的口气，为我们的"一日游"写上了句号。去鸳鸯溪，却没有见到鸳鸯，着实令人遗憾。我又想，鸳鸯是山水之精灵，如果随意可以见到，岂不是太平常而不足为奇了？也许，正因为它们难得一遇，才愈加吸引人。

话说目莲山

汤养宗

一座山有一座山的看家传说。没有传说的山是令人失望的。郁郁葱葱的目莲山，它嵯峨，清幽；它的莽莽林木和千年古寺，超然的高踞和空阔的视野，都那样动人心魄，让人游目骋怀。然而，如果没有

它的传说，没有那些传说渲染之下所形成的神秘氛围，我不知目莲山还是不是人们魂绕梦牵的好去处？

上目莲山之前，我就听到这座山的得名和山中寺院的沿革，都与传说中的某只大虎有着种种扑朔迷离的联系；至今，山上寺院里还奉祀有一尊老虎的神像。这次进山，我不得不说，自己的心灵经历了一次的神游，它一下子拉开我与人群、风物的距离。恍惚之中，让我拥有了某种敬畏与叩问、迷茫与遐想……

最初把虎神奇的气息带进山的是目莲寺前的一块石头，人称"灵石"。就是这块石头，几乎繁衍和造化了这座山的种种神话色彩。一天，一个骁勇剽悍的青年猎人在山中射中了一只硕大无朋的猛虎，虎一声巨啸便掉头逃遁，人兽之间的角逐把整

座山林都震响了，虎血洒落处染红了满山遍野的斑斑杜鹃花。终于，在草地里的猛虎慢慢松懈了下来，它绝望地望了望那道不可逾越的深涧和山涧那边陡峭的山坡，"砰"的一声，山谷中发出了山体坍塌般的巨响……

虎倒下了。但那斑斓的花纹依然火焰般燃烧着，还有剧烈起伏的肋骨和犀利的目光，仍在证实那不容侵犯的威仪。猎人停了下来，人和虎相互对视着。就在他张弓又要补射一箭时，虎一声咆哮，浑身烈焰奔腾，转眼间就变成了一块石头。猎人无法相信这瞬间的幻变，伸手摸去，石头依然有余温。

这就是"灵石"的来历。石耶？虎耶？冥冥中自有它的说法。在后周显德元年，遁世的僧人们按照自己的感悟，在此盖起了一座禅院，取名叫"灵石庵"。

灵石庵建成后，山野寂静了，虎的行迹从此也消匿在岁月的风雨中。虎的话题再次被激活的时候，是宝正二年一个叫义韶的和尚来这座庵里削发出家以后的事。

据说义韶慧根清净，悟性极高。他到灵石庵后，几乎天天梦见一只猛虎前来与他嬉戏，夜里还常听到禅院围墙外的山坡上一只老虎发出的啸吼声。疑惑之下，他问及本庵僧侣，人们

笑他怪诞，说这山哪里还有老虎的行踪。某夜，又从院外传来虎蹄跁跁的踢踏声，开门一看，月光下果然是一只大虎在那块"灵石"旁走来走去。只是这只虎并不伤他，倒像遇上失散多年的朋友，亲热无比。

　　虎是实实在在的，行止之间绝不给人幻化之感。善于修心悟道的义韶，从此便与这只老虎交成了朋友。佛事之余，他就进山劈柴，挑到山下城里，将所得银两买些猪肉带上山，专门供奉那只老虎充饥。老虎也经常守候在路口，等着义韶慈心奉食。人兽之间，情同手足。

　　一日，义韶的柴在城里卖不出去，他只好空手而回。谁知走到半山，就看见老虎已等在路口，正饿得涎水外溢。义韶心里很难过，只好咬咬牙像往日喂肉那样向虎口伸进了自己的指头。饿得发慌的老虎也不知送到自己嘴边的是何东西，张口便是一咬；待看到义韶血淋淋的手再次伸来时，才知道自己已经吞下了这位和尚的指头。老虎伤心不已，眼睑间尽是泪水，便在义韶面前趴下身来，决意不再进食，直饿得自毙于路边。庵里和尚们得知此事后，便把这只极通人性的老虎作为神物奉祀于庵内。虎的灵气再一次浸淫濡染了这座山的一草一木。

　　义韶自失去这只虎友后，心里空荡荡的。从此，他更是心静如磐地每日打坐参禅于那块"灵石"上，经年累月，直至太平兴国七年重九之日圆寂于此。在义韶的真身奉祀于庵内的那一天，众僧骤见禅院边上的涧壑处木莲花遍野怒放，花香浓郁馨人。

　　后来，僧侣们依此祥兆，在重建禅院时，便将灵石庵改称为木莲寺。因"木"与"目"谐音，到"目莲救母"的故事广为流传时，木莲寺又被改称成为目莲寺，山也从此被号为目莲山。

　　"目莲救母"的传说，说的一位名叫目莲的人，15岁时为救体弱病痛的80岁老母，到南山砍竹做金篮，一肩挑经书，一肩挑老母，不顾两肩磨得鲜血淋淋，远途跋涉，进山求医。在进山后的日子里，传说是他有过"让指喂虎"的经历。所以灵石庵的僧侣们为感念他救母的一片孝心，才将庵名改称为目莲寺。这两个故事的共同点是都落在老虎身上，可见老虎与目莲山的关系，是缘深难解的。

那块"灵石"至今仍留在目莲寺中，它高两米有余，像位老人默默经受着岁月中的风霜。我曾就这块石头请教寺庙中一位慈眉善眼的长老，他说山水自然自有它的灵性，一块石头能有这些传说，也是石头的造化。深邃的禅意令我颇有感触。长老又指着目莲寺下的那个酷似"仙人卧地"的山头说道："那山说像人便是人，而看山便是山。"一句话打消了我计较这些传说虚与实、真与伪的种种念头。

当然，目莲山还有许多风景名胜值得人们去探幽。但我仍要为那风物背后的传说拊掌叫好，为传说濡染下的一景一色而迷醉。当我面对目不暇接的美景，耳伴山间寺院里的经卷声，是这些传说把我带到更加悠远幻美的境地，在那里，一切的风物才有灵动飘浮的感觉，我才能追问和赞叹大自然的一切造化！

白水洋——天笔书奇观

禾 源

　　鹫峰山脉如一条出海游龙，在闽江登陆，一峰拱着一峰横贯闽东北。最宜生灵繁衍的亚热带体温，让这条青龙永远生机勃勃，百草丰茂，树木丛生，群峰竞秀，万壑争流，以博大的大山胸怀，凭神工鬼斧劈下了东南山国胜景。细读一路风景，惊叹赞美之时，会轻声自语，绝版"白水洋"。对！这鹫峰山脉中段屏南境内的白水洋，就是天工地匠盗下天笔描绘的一幅绝笔奇观！

一

白水洋把奇峰怪石当做点缀，描绘在自己的花边和扉页里，用天笔写下了真"奇"。

"奇"字，大和可的组合，可以释为：一个珍品，超乎寻常之大，可还是玩得起来，这就称"奇"。仙耙溪与九岭溪走谷闯滩汇合到这里，排山移峰冲出一个偌大的水上广场。山中呈现水上广场本就神奇，然而更奇特的是整个广场一石而就，平坦如砥，水深仅没踝，水清石洁。站在白水洋边最高的五老峰俯瞰这八万平米的广场，十里水街，会惊奇自己的发现，它是一把写完绝笔一捺的天笔遗落山坳。笔管径直，笔头挥毫，毫端下还有一弯月牙形的砚池。管、毫、池就是人们所说的上、中、下洋。这把天笔够大够雄，长达 2 千米，其泼墨的笔头（中洋）总面积达 4 万平方米，最宽处达 182 米。天笔一捺，十里烟波足以震撼人心，奇！

常说：真水无香，真水无色。可是"白水洋"的水有香有

色，当然其味其色都不是来自水，而是来自四时山风野木，来自五彩河床，来自朝晖夕阴。白水洋绿树戎装，奇花争艳，异木藏香。一年四季都有花香，漫步其中，自然兜得满袖清香。河床基石上、中、下洋岩底，色彩不同，天然彩绘，清水流过

也就色彩斑斓。用赤、橙、黄、绿、青、蓝、紫或铁、锡、铜、火、菁等来描绘，都觉得不能准确描摹出自然画师调出的色彩。不得不叹服这神奇之笔绘出的奇光异彩！

白水洋不仅仅是俯仰之间、转身之际处处有可观之景，更可贵的是，它是亲水的天堂：人人看景，人人亲景，人人是景。踩水、冲浪，打水仗、沐水浴，走鸳鸯板、骑自行车，各寻其趣，各得其乐。怪不得许许多多的嘉宾骚客在流连中，赞不绝口：人间奇境！

二

白水洋来去有三条通道，三条通道都在峡谷中穿行。谷深万丈，壁立千仞。就如《蜀道难》描绘的"连峰去天不盈尺，枯松倒挂倚绝壁"。穿行在峡谷中的溪水，终日没照过太阳，阴晦之气弥漫着每股水流，然而走入白水洋，豁然开朗，即刻感受到日光朗朗，惠风和畅，鲜活之气油然而生。特别到了宽敞的中洋，它们欢欣雀跃，在阳光下便舞成白花花的世界。一到这里水活了，气顺了，风爽了，人也活脱了，真正印证了老子《道德经》中的"谷神不死，是谓玄牝，玄牝之门，是谓天地根。绵绵若存，用之不勤"的玄机。偌大的白水洋在自然界的棋盘中，无疑是一块绝大的活眼。

许多人到了白水洋，喜欢说上一句"享受白水洋"，享受这里天然洁净的一切。空气，水，河床，树木，花草，还有白水洋每块洁净的石头。当然也有人说："多了自然，少了人文！"然而也有文人享受过这一切，坐在白水洋边，望"洋"兴叹"大象无形，大音希声，大美无言"，我要再加一句"绝净无字"。确确实实白水洋是个"不留任何附庸风雅烙印的洁净山水"。

三

无字天书，天意玄机，叫人无法可解。白水洋这天笔遗下的有形之作，亦如天书，页页是谜，一样无法破解。就如文学评论中说的：有一百个读者，就有一百个哈姆雷特。

有专家说它是破火山口，也有专家说是第四世纪古冰川运动形成的槽型谷，也有的说是奇特的河流侵蚀作用，是流水雕塑大师的杰作。

到底是在烈火中得到永生，还是冰消雪融的新境，众说纷纭。白水洋这本天书，如今还没有人读透它，依旧页页是谜。所以有领导书题"奇特景观"、"天下绝景，宇宙之谜"。

白水洋虽在东南山国中，也是在闽海雄风里，有着山水之境界，也有着海的风情。

"天湖" 印象记

延 青

　　我终于盼来了三都澳之行。

　　说终于盼来，是因为近十年前已有闽东之约，无奈人事悾偬，行期遂虚。今年五六月间，先抵宁德县漳湾，仅远眺三都澳一眼，后两度出福安县赛江、白马河，达下白石，快艇均遇雨折返，可说三次与三都澳失之交臂。这是否说明人与自然也有某种缘分，强求不得呢？

　　9月9日，沿宁德县飞鸾岭岭麓至礁头，浓浓的咸腥味扑面，三都岛横陈在前，此时身临三都澳。

　　真想畅游、畅写三都澳，但很难办到。它实在太大了，四限所极，内联宁德霞浦、福安诸县，外结东海。我虽两次乘80匹马力的小艇，专程在澳内水域行驶共约十二小时，还在澳内陆域三都本岛留宿两夜，踏上几个小岛和一个半岛，仍是管窥蠡测，不及全豹，只能写篇印象记。

　　转念即使遍历三都澳，未必就能命笔，大景观必有难写之处。先例不缺，清代古文大手笔、"桐城派"创始人之一方苞，携外甥鲍孔巡游雁荡山两天，外甥促娘舅挥毫，方说，"兹山不可记也"，主要原因就在"兹山……幽奇险峭，殊形诡状者，实大且多"。方于是另辟蹊径，略写两点感触。这篇约四百五字的《游雁荡记》，堪称古今写雁荡最短的散文了。对比之下，高度凝练、寓繁于简，写诗有时颇占上风。1962年，郭沫若老先生莅这全国唯一、世界少有的天然良港三都澳，欣然题诗，中有"良港三都举世无，水深港阔似天湖"句，14字抓住特点，大有一锤定音之况。

　　碰上极好的天气，大清早多云转少云。快艇由礁头解缆，靠秋竹一城澳半岛东行，三都澳迅即展现自身的宽度。恰值一艘上海来的"阳城"号15000吨散装轮锚泊卸货。它是港里头的头号巨轮，却似一丝刚刚孵化出来的小蚕，躺在一片大桑叶上！其余舟船，如芥子蝼蚁。从概念上，我知道航行在海里，周遭的水流动着大海的气脉，然而在持续的航程中，秋风送爽，海波不兴，舟平如砥，完全像泛舟平湖。终年没有巨浪、没有狂涛的澳面温柔极了，倚窗听轻波舔舷，看细浪织锦，天一碧如水，水一碧如天，不但可以想见港区的深度，还能从"秋水共长天一色"，联想洞庭、彭蠡。

　　经验告诉人，湖往往跟山的实体密不可分。游三都澳，无论航行于三沙湾之内，还是东冲口之内；也无论是在东吾洋，还是在以黄瓜鱼产卵基地著称的官井洋，纵目四览，远近众山环拱。岛澳深藏，山水相映，海愈蓝而山愈青。海以山为屏，海得到了骨骼；山以海为裙，山增添了肌肤。如此非常和谐的天趣，纯粹是自然美的杰作！何况还有雄踞东冲口、起伏如锯齿的笔架峰，有横卧于斗帽岛、形神毕肖的螺壳岩，有傍秋竹山脚、随潮汐沉浮的金龟驮珠屿，有双石重叠而成的古猿头像……峰、岩、屿、石与万顷碧波的组合，越发唤起人对于湖的潜藏的审美体验了。我觉得应该给奇绝的螺壳岩补上几句，它搁在斗帽岛西北部水边石坡上，坡斜近 45 度。它形同硕大无朋的海螺，螺头缩窄，螺腹鼓突，人可以爬过螺颈下边的空隙。这亿万年大海雕塑的精灵，毫不逊色于福建东山岛的"天下第一奇石"——风动石。

湖光山色有渔家。步上青山岛虾荡尾渔村，俯视水面密集的五彩斑斓的机帆船和连家船轻轻荡漾，三用机乐音悠扬；仰看岸上石砌楼房背山向阳、参差错落，房顶矗起如林的电视接收天线。渔家女披红挂绿，编织着无尽的靛青尼龙丝渔网；男子汉整理着钓钩和鱼漂，或晾晒新鲜的鱼鲞。他们早就结束浮家泛宅的漂泊生涯，和白瓠岛、斗帽岛、鸡公山岛的渔民一样，

二度游览三都澳
郭沫若

良港三都举世无，水深湾阔似天湖。岛山环拱忘冬夏，潮汐翻腾有减除。
建设已然清障碍，经营还要费工夫。护航卫国兼朝夕，保障和平在海隅。

定居下来农渔并举，操办"海洋牧场"，种甘薯、钓石斑鱼、捞鳗苗、用网箱饲养对虾和扇贝。在城澳半岛，我见及百亩连片圈养对虾，在橄榄屿见及百顷连片种植紫菜。听渔民说，半岛乃至于青山岛，繁衍着獐、麂、野山羊、野猪、野鸡、野兔。我还见及稻田、山塘上纷飞的白鹭。这一切，都很容易造成错觉，以为进入水草美、鱼虾鲜的湖区。生态环境好，空气格外清新，我真羡煞渔家倚托大海的福分了。

住在三都岛上，时令已过白露，燠热不减，因为今年夏秋台风来得少，大气候失去调节。考虑机会难得，我汗流浃背攀登后山，观看了建于 19 世纪末的西班牙教堂和修道院，以及清政府设置的福海关旧址。它们无声地作证，当年三都本岛曾有英、美等 13 国设立洋行，畸形地繁华一时，旋于抗日战争期间，被日本侵略者的燃烧弹、炸弹夷为平地……

据资料载，三都澳，又称三沙湾，口小腹大，岛山环列，避风条件极好。海域面积 714 平方千米，海岸线 317 千米。10 米以上等深水域 173 平方千米，居世界之首；可开发深水岸线 72 千米，亦居世界第一位。5 万至 50 万吨级巨轮可以停泊，航海家赞叹："世界上最大的轮船可以在这里闭着眼睛开航。"三都澳无与伦比，当然早就引起鹿特丹、横滨的侧目，伦敦、纽约、伊斯梅尔旁及哈瓦那的动心。一个积弱的民族、腐败的政府，历史上连闭关锁国都是无能为力的啊！

我深信，随着环太平洋地区经济的发展，福建外向型经济的开拓，三都澳这位如今还在休眠的巨人，必将挺起身子，跻身世界，一举成为东方巨港。

探访福安石臼

林思翔

再长寿的人在漫漫历史长河中都不过是一瞬间，而有些看起来没有生命的东西，却能见证地球的发育成长。福安石臼就属于这类物体，它已存在两三百万年了，依然圆睁着眼睛注视大自然的风云变幻和人世间的时代更替。石臼的神秘，撩拨起我们前往探访的好奇心。

早春二月，乍暖还寒，我们从福安穆云乡进山探访石臼，途中路过溪塔畲村稍作歇息，闻名遐迩的闽东葡萄沟就在这里。绵延数里的葡萄网架像一条长龙沿着河沟延伸开去，在阳光下，皱巴巴的葡萄枝藤犹如龙鳞熠熠闪光；山坡上千亩桃林在春风里静静伫立，似在凝神屏气，蓄势待发。可以想象，待到一阵春雨过后，葡萄枝绽绿，桃树林泛红，村前村后色彩斑斓，畲村该是多么妩媚动人！未见石臼，先睹畲村风采，令我们感到意外的惊喜。

石臼区域位于闽东著名高峰白云山南麓的蟾溪。从溪塔村折北，沿着山间公路绕过几道弯，就到了蟾溪村。因溪得名的这个村子位于蟾溪下游，是石臼群聚区域的起点。我们沿着溪涧溯流而上进行探访。早春的溪涧，水不成流，见到的水或不过脚踝，或淤积成池，也有积聚成潭的，更多的是潜于石罅间"叮咚"作响的暗流。溪涧里虽然石头横七竖八，但因水不挡路，我们或走或跳，在乱石滩中另辟蹊径，倒也走出一条路来。由于边探索边行进，得空留意这里的石与水。这溪中的石头，形态各异，块块不俗，如马似牛任你想象；这溪里的水清见底，绿如蓝，即使是数米深的潭水，底部鹅卵石也颗颗可数，微风吹皱的水面，其色彩如同雨后的叶片一般亮绿。

边走边赏景，不一会儿就到了石臼区域。石臼深藏在山谷溪涧间，两岸青山护卫着这自然界之大美。石臼这里一个，那里一窝，散落在溪滩上，令人目不暇接。其形状多为圆形，大如缸，中似盆，小像碗。石臼凹窝一如农村里舂米用的石臼一样，不过米臼口宽底窄，而这里的石臼则多为下部比上部略大，色白如玉，表面光滑得如打磨过一样，细看依稀还有水流旋转的淡淡波纹。开始，人们不解，是什么力量把巨石这里凿一个洞，那里挖一个坑？若是水的作用，何以只冲刷中间，不击周边？如是自然风化，为啥没留下任何剥蚀痕迹？经过地质专家现场考察后才知道，

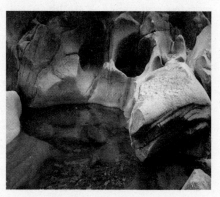

这都是冰的力量使然，冰是巧夺天工的雕刻师。冰，凭借其厚重与细腻，滴水穿石，锲而不舍，历经百万年的精雕细刻，终于使顽石变成了一件件美丽的艺术品。这些距今约两三百万年第四纪古冰川作用产生的石臼，形态多样，气势磅礴，海豚出水、石猴望月、龙女照镜、石牛伏地、白石玉兔……大自然的造化与人们的想象融合在一起，形成了耐人寻味的石臼奇观。

正如戏末来一个高潮一样，溯溪近五千米的路程临近终点时，在山崖边的九龙洞，石臼更加集中，景致更加壮观。走进巨石交叠形成的幽洞，借着一缕天窗散射之光，可见奇石耸立，石臼层叠，瀑布飞洒，幽潭碧透，石隙间流水潺潺如音乐轻荡，激起雨丝化雾，撩拨习习阴凉。若夏天来此，当有进入瑶池仙境之惑。

福安石臼和第四纪冰川遗迹的发现，不仅具有极大的观赏性，给人以大自然的神秘感，而且具有极高的科学价值和学术意义。中国地质科学院专家惊呼："福安的石臼具有规模巨大、种类齐全、形态类型丰富多彩等特征，是我国低纬度地区目前发现的石臼群和第四纪古冰川遗迹中保存最多、最好和发育最典型的地区之一，不但为我国第四纪冰川研究增添了许多新内容、新类型，同时也是世界奇观和天下一绝！"它的发现表明："中国东部中低山区，不但有第四纪冰川存在，同时冰川规模之大，完全出乎人们的意料之外，冰川规模可达到冰盖或冰帽发育阶段。"

福安石臼，大自然的造化，人类之瑰宝，它永远圆睁着眼睛在瞭望着天体、注视着世界。

寂寞翠屏湖

许守尧

对于一个美丽的湖泊来说，翠屏湖显得相当寂寞。那一汪碧水和水上翡翠般的小岛一躺就是 40 年。许多年以来，每次我坐车往返古田县城，当车子沿着湖边走的时候，我总是倚在窗前，透过窗前朦胧的绿意，看着那碧绿的湖水发呆，我多希望能看到一片帆影、几根竹筏抑或是几串欢声笑语，但是那水平如镜的湖面总是那样缄默无语，那样孤独无助。我的心也就变得如同那一片阒寂的湖面一样空落起来。

也许热闹与繁华已经过去了，往昔喧哗的梦已经彻底地留给了湖底，一座千年古城的积淀总是非常厚重。然而，祖先的脚步就那样匆匆地淌过那条细小的溪流。城墙、大陆、青砖、碎瓦和着一片眷恋的情绪都付之一片汪洋。如今，当湖水隐退的时候，看到那些断墙颓垣的模糊印迹，就会令人想起这里曾经是人烟稠密、商贾云集的古田旧城。

我一直在寻找翠屏湖寂寞的原因，为什么那样美丽的湖却一直被人忽视，度过了她 40 年孤芳自赏的日子，美得那样冷峻，美得那样凄绝。我猜想是否当初在建造这个湖时功利性过于明确，只是为古田溪四级水力发电站建造一座蓄水库。过分强调使用价值，当然也就忽略了美学的内涵，翠屏湖就是这样长期嫁给了寂寞与冷清。

我想第一个把翠屏湖作为一个纯粹美学意义上的湖、一个游览的湖推到游人面前的是一个天才的美学家。因为美只有被发现才成为美，要不然就成了一种无益的摆设。于是，一批批文人墨客来了，翠屏湖第一次成了他们丹青中的风景；一批批文人墨客来了，翠屏湖第一次成了他们咏哦的意象。翠屏湖就那样以她处女般娴静的魅力走出古田，走向大千世界……

人们不但从白昼的湖光山色中去领略翠屏湖多彩的风姿，而且在星月摇曳的夜晚去撩开她神秘的面纱。翠屏湖是一个爱情湖。不管是古老的传说还是现实的故事都可以在这里得到印证。历史上潘杨两家结怨于宋代，冤冤相报，没完没了。但他们的子孙却不愿去偿还历史的旧债，竟然相爱了。爱情突破了时间和空间，突破了狭隘与冷酷，于是，当爱的羽翼被折断的时候，只有死才能表达生命的真诚。如今湖上飞翔着的白鹭，

难道不是一个个爱的使者和爱的精灵吗？还有那爱情鸟——鸳鸯，也在岛上双栖，水中比翼，相依相伴。翠屏湖，你承受着如此爱的重荷，又展示着那样自由的爱的天地，难道不令人感动吗？听说古田旅游局要在岛上建造伊甸园山庄，营造爱的小屋，把历史的悲剧与现实的故事重新编排，重新演绎。

翠屏湖是一个宗教湖。湖畔的极乐寺走出了我国佛教一代宗师、全国佛教协会第一任主席圆瑛法师。我不知道他当初走出寺门，让风飘动着袈裟，手把念珠，是否以"菩提非树，明镜非台"的佛眼，透过那个人声鼎沸、红尘滚滚的城市，把它看成一片寂然的湖面？如今，极乐寺古佛依然栩栩如生，香火不断，那晨钟暮鼓，让浮躁的烟尘得到了净化，让狂躁的心灵得到片刻的宁静；还有那湖心岛的基督教堂，使绕过它身边的湖水都飘荡着宗教气息。这就注定了翠屏湖只能属于庄重与虔诚，属于宁静与淡泊，翠屏湖让生命的境界得到升华，因此，翠屏湖拒绝媚俗与无聊。

翠屏湖是一个休闲湖。在那里除了怕惊扰山中的明月与树上的栖鸟外，周围杳无人烟，提供给你的是一片完全自由与轻松的天地。每逢周末或节假日，那湖畔树荫下的垂钓者，用不着动用渭水之畔垂钓者的心机，就以寒江独钓者的心境，看着水面上跳跃着的阳光，凝然而坐，物我两忘。还有那岛上巨大的葡萄架，情侣们也用不着七夕乞巧，去偷听牛郎织女的窃窃私语，能够在湖心占有一隅美丽，把青春和浪漫抒写得潇洒自如，不辜负良辰美景，还用得去诠释那古老的故事吗？一叶轻舟载一个家或一个单位，也载一路水声和笑声，听导游小姐流水般清泠的叙说，远山近水尽收眼底，把昨日的烦恼和疲惫忘掉，把喧嚣和嘈杂留给身后，放松生命，舒展个性，翠屏湖让生命活得更加美丽！

翠屏湖从寂寞中脱颖而出，留给人们的是别有一番滋味在心头。

外浒沙滩

谢宜兴

印象中，霞浦南乡有北兜、高罗、大京、吕峡、外浒五个大沙滩，沙净水蓝，浩然平坦，而其中以外浒沙滩最为美丽，素有"闽东北戴河"之誉。

外浒沙滩独处东冲半岛，1000多米长，200余米宽，似一匹遗落人间的天上锦缎。沙如金粉，坡度平缓，有如秋色着地的运动场。有诗云："此地黄沙细如尘，轻车驶过了无痕。"据说外浒滩沙细净纯美，盖因对面马刺岛弥集粗沙，潮涨汐落，淘尽粗陋之故。夏日，或展臂轻拨，或冲浪搏击，游弋于碧海蓝天，感恩于上苍造化，令人身心俱融，宠辱皆忘；或赤足滩头，或静卧沙毯，任海风拂面，听渔歌悠扬，则如置身诗画之中。穿滩拣拾贝壳，波澜不惊，横生童趣；临水堆砌沙器，翻悟指间即存哲理。在这里，阳光、海浪、沙滩，俱是挡不住的诱惑。

沙滩右翼有琵琶岛、狮公鼻，若一道翠锦画屏，使外浒"犹抱琵琶"，含蓄撩人。琵琶岛以形似琵琶而得名。岛上有琵琶穴，大潮时日，海浪涌入洞穴，款款流滴，淙淙作响，侧耳倾听，似有琵琶音断断续续飘然而出。相传古有渔夫返航归来，见岛上忽生桂树，清香馥郁，沁人心脾，于是卸衣志之，欲移植家中。待渔人握锄而至，衣落之地已不见桂树，唯闻琵琶音清越，亦有桂香。诚然，仙桂之香同外浒之美，大自然的赐予绝非供谁独享。

狮公鼻树木错落，绿雾氤氲，似一朵翠云，衬得外浒沙滩更加金黄迷人。再次来到外浒，狮公鼻下建了狮公宫，白墙红瓦，尖拱勾檐，蔚为壮观。守宫人说，宫中供奉的三位师公，均是外浒渔家的保护神。

紧紧依傍沙滩的是外浒渔村。绕村有一座地衣剥蚀、古榕掩映的明代古堡。城东北已毁，不复完整。据考古堡初建时，外浒才三姓人家，四城围拢逾六十年。可以想见，为御海寇，为营造一方安宁，外浒先人是怎样刻苦与坚持！

方志记载，在外浒古堡"南十里许，有巨石二，屹立山巅，

酷肖人形，比肩而立"。传说每至暮夜，石人便化身径入外浒村中，侮辱民女。村人惶惶，堵了城堡南门，可"鬼物"依然作祟，村人莫可奈何。一日，"鬼物"在一渔家调戏新妇，众人惊恐，束手无策。唯婆婆机智顿生，在其衣摆悄悄系上织网的丝线。次日，循线寻去，方知是石人作祟。遂请神镇之。"某年雷劈，其一首陨。自此，乡人无鬼祟之患。"城堡南门亦重新洞开。

登上古堡，远眺碧波万顷，海天一色；近望浪花朵朵，归舟点点。心旷神怡间不禁感叹：外浒海滩是外浒人最大的财富！可外浒人却怀揣璞玉，以为丑石，着实令人痛心！

在古堡和沙滩之间，原有一条半公里长的鹅卵石带。卵石玲珑剔透，纤尘不染，花纹绚丽，五彩纷呈，人称凤凰蛋。数量之多，形色之美，堪称奇观。在卵石带上方，还有大片野生水仙，碧叶玉茎托着金盏银台，点点清芬浸润整个沙滩。村中老者介绍，这片花地系从前一次外海沉船，船上所运水仙花球随波逐流上岸所致。夏夜，卵石带上听潮，思想海阔天空，月色伴着花香，那份诗意谁能拒绝？可如今卵石带不翼而飞，水仙花地荡然无存，外浒之美被生生地撕开了一个缺口！

外浒沙滩，大自然神奇的杰作，她一直在等待一双真正欣赏她的眼睛。站在这美丽得有点寂寞，沉睡得有点苍凉的沙滩，想起古堡斑驳的容颜，和师公、石人善恶的传说，卵石和水仙的离愁也不由分说地涌入心底。它们深刻地警示我们：大自然的美丽和人世间的祥和，一样需要我们精心的呵护！

去周宁感受神奇的鲤鱼溪，体验人和鲤鱼和谐的关系；去柘荣感受浓浓的柳韵，见见质朴、雅致的柘荣人；去听听畲族"二月二"会亲节如潮的歌声，品味别样的畲族风情；去霞浦三沙观赏海上明月，在海风和月色中沉思大自然的奥秘；去坦洋村品品坦洋工夫，让茶香浸润生活；去看看千姿百态、惟妙惟肖的霍童线狮，听听千古绝唱四平戏。相信，你一定不虚此行。

品味
地方风情

宁德市国家级及省级非物质文化遗产名录

级别	遗产名称	类别
国家级	畲族小说歌	民间文学
	畲族民歌	民间音乐
	四平戏	传统戏剧
	寿宁北路戏	传统戏剧
	宁德霍童线狮	杂技与竞技
	屏南平讲戏	传统戏剧
	水密隔舱福船制造技艺	传统手工技艺
	木拱桥传统营造技艺	传统手工技艺
	陈靖姑信俗	民俗
	霍童铁枝	民俗
	福鼎沙埕铁枝	民俗
	屏南双溪铁枝	民俗
	柘荣剪纸	民间美术
省级	霞浦畲族小说歌	民间文学
	柘荣剪纸	民间美术
	福建畲族民歌 （宁德畲族二声部山歌"双音"、宁德闽东畲族歌言）	民间音乐
	宁德畲族奶娘催罡巫舞	民间舞蹈
	柘荣布袋戏	戏曲
	寿宁北路戏	戏曲
	屏南四平戏	戏曲
	宁德霍童线狮	民间杂技
	福安银器制作工艺	民间手工技艺
	寿宁木拱廊桥制作工艺	民间手工技艺
	福鼎饼花工艺	民间手工技艺
	闽东畲族婚俗	人生礼俗
	宁德畲族三月三节俗	岁时节令
	福建陈靖姑信仰习俗 （古田陈靖姑信仰习俗）	民间信仰
	福鼎双华畲族二月二歌会	文化空间
	周宁浦源护鱼习俗	文化空间
	屏南平讲戏	传统戏剧
	屏南杖头木偶戏	传统戏剧
	屏南乱弹戏	传统戏剧
	福建水密隔舱造船技艺 （蕉城漳湾水密隔舱福船制造技艺）	传统手工技艺
	屏南红曲制作与黄酒酿造技艺	传统手工技艺
	宁德铁枝传统表演技艺 （蕉城霍童铁枝、屏南双溪铁枝、福鼎沙埕铁枝）	民俗
	屏南双溪元宵灯会	民俗
	霍童"二月二"灯会	民俗
	甘国宝传说故事	民间文学
	提线木偶戏	传统戏剧
	畲族武术（盘柴槌）	杂技与竞技
	福鼎白茶制作技艺	传统技艺
	古田红曲制作技艺	传统技艺
	黄家蒸笼传统手工技艺	传统技艺
	坦洋工夫茶制作技艺	传统技艺
	马仙信俗	民俗
	福建畲族歌会	民俗

鲤鱼溪小记

章 武

福建人的祖先似乎特别喜欢鲤鱼：福清有鲤鱼山，仙游有九鲤湖；仙游和泉州都以"鲤城"为别称，而不避重复之嫌。不久前到闽东，发现周宁县还有条鲤鱼溪，溪两岸的群众自古以来对鲤鱼奉若神明，其笃爱的程度简直到了崇拜的地步。

未到周宁之前，本以为海拔八百八十多米的县城定然是"环滁皆山也"。不料，城关附近却是一马平川，平整如镜的水田里，春水汪汪，光可照人，偶然间，一两只白鹭腾空而起，翩翩然没入远山，使这里的景色独具一种清奇而又飘逸的神韵。

就在这高山平洋之中，有座屋瓦接堞、人烟稠密的浦源村。穿村而过的一条小溪，溪两旁石缝间长着许多叶片肥厚的绿菖蒲，这便是神奇的鲤鱼溪了。

说是溪，其实是小水沟，宽不过丈余，村头村尾长不足五百米，但就在这有限的水域里，却聚居着两三千条大鲤鱼！

伫立溪边，一眼便可看见水面上赤红色的、金黄色的、黑灰色的，以及诸种色点斑驳杂陈的大鲤鱼，成群结队，密密匝匝，浮游着，腾跃着，煞是热闹。

溪上横着许多贴近水面的小桥，有独木桥、石板桥、水泥桥。蹲在桥上，伸下手去，可随便触摸鲤鱼们的脊背。那鱼，一点儿也不怕人，有如驯良温顺的小猫小狗，不但不游开，反而摇头摆尾向人表示感谢呢！最有趣的，是拿光饼喂鱼，光饼一近水面，鱼儿们便争先恐后一拥而上，幸运者抢走饼块，吞咽之声窸窣可闻，后来者便跳上来吮吸人的空手指，其状，有点像欧洲中世纪的骑士向贵妇人行吻手礼。那淡红色的鱼唇，滑滑的，黏黏的，冰凉冰凉的，能给人以一种十分神妙的感觉。

可惜，溪水既不清，也不静，其色其状实在使人不敢恭维。但转念一想，"水清则无鱼"，也许，正因为它浑浊，它流动，才富有丰沛的饵料，才能使鱼儿茁壮成长呢！眼前的鱼儿，小的一两斤，大的四五斤，据说还有条重达二十多斤的黑鲤鱼，被称为"鱼王"的，但我们寻访了好久，它却始终不肯出来接见一下我们这些远方的游客。

尽管"鱼王"有点摆架子，但浦源村的村民却很淳朴，十分好客。那些身穿长衫、手烤火笼的长者，那些在溪边嬉闹的幼童纷纷围拢过来。一位中年汉子不无自豪地告诉我们，这里的居民千百年来，共同严守一条严厉的乡规民约：对鲤鱼绝不捕食，绝不伤害。而鲤鱼们也十分懂得人性，洪水一来，纷纷用嘴紧咬住溪边绿菖蒲的根部，绝不随波逐流，离村远去。偶有被洪水冲走的，一旦听不见人声，无论如何也要拼全力逆水洄游，连蹦带跳，回归我们这浦源村呢！

在这里，人和鱼的关系，犹如鱼和水、鱼和绿菖蒲的关系一样，是多么亲密，多么和谐！在我们的国土上，有森林保护区，鸟类保护区，但像这样的由群众自发创立的鲤鱼保护区，却罕见得很！

我们信步走到下游的村口。只见溪两边各有一株古老的柳杉。柳杉下，一边是郑氏宗祠，一边是"林公庙"。据郑氏族谱记载：这鲤鱼是全村的"风水鱼"，是"林公"饲养的，谁吃了谁就要"肚子疼"……鱼死了，还一定要由村中的长老捧着鱼尸燃点香火，上山举行隆重的"鱼葬"仪式呢！

海上花市

曾毓秋

潮落时分，沸腾的潮水像成群的野马喧闹着，向海的中心奔去，海滩揭开了它深蓝的面纱，露出一片无比宽阔的明镜，像是可以沿着它一直走到天的尽头呢！海水把海滩冲刷得那么光滑，就像是闪闪发光的凝固的脂油，这是通向那海上花市一条理想的道路，但却是一条难走的路呢。在闽东沿海，沙滩是很少见的，多的是海泥滩，一踏上去，淤泥就会没到你的膝盖，海泥下还埋着尖利的碎礁石，只许你小心谨慎地步步前进。

但是，我却见到能在海滩上飞翔的人，如同溜冰场上的运动员，在你眼前一闪而过。

他们是渔家一些精壮汉子在跨着"海马"滑行呢！一条腿跪在高高翘起的木板上，双手把住扶手，另一只脚不停地蹬着，一蹬就是丈把远，一瞬间便消逝在蓝天与大海会合的远方。我想起杜甫的两句咏马的诗："所向无空阔，真堪托死生！"如果你能有渔家汉子那样充沛的精力，走得完那条淤泥铺就的长路，那么，在你眼前便出现一个五光十色的绚烂迷人的海上花市。在高潮线与低潮线之间，有多少奇异的水族在展示着它们独特的色彩和风姿！在陡峭的岩石上，高高地生长着石花瓶，它的枝丫真像是插在瓶里的鲜花，吐出一串串晶莹的水珠，在阳光里闪着虹彩。红色的海星，像开在海滩上的一朵朵淡红的大丽菊。紧贴着岩石的成团成簇的淡菜，闪着紫色光泽，如同花圃里的牡丹怒放。海葵又显得那么娴静和幽美，嫩黄的，深绿的，紫红的，像原野上争艳的野花。而那海滩上，还有星星点点、千姿百态的贝壳，像千万颗珍珠亮晶晶地闪光。你可曾看过这样奇特的花市吗？它们是年年月月地盛开着，真称得上是"花开花落何时了，春来春去不相关"呢。如果来了客人，主人只消吩咐家人一声："到海滩去一趟，讨点东西回来。"那口气就像家居农村的人说："到菜园去拔一把菜。"没多久，各种珍奇的海味便端上来了。蛏汤、蛎丸、煮跳鱼、红鲟……满桌子新鲜的海味。难怪在潮落时分，有这么多的人来赶海上的花市。孩子们带着竹篓和工具，穿一条小裤衩，渔家姑娘围着蓝花花的胸裙，好像是一群吵嚷的喜鹊，"唧唧喳喳"地在海滩争着拣拾海螺，剥着岐菜。孩子们眼尖手灵，走两三步就是一满把海螺。姑娘们围着一块石滩，像采花似的剥着岐菜。它的样子和紫菜差不多，但是颜色要绿些，一年四季都在长，二、三月春暖花开时节，也是它盛开的节令，一人一次能剥它个三五斤呢！

这些海里水族，都有自己奇特的习性。就说那成群结队的红鲟吧，涨潮时，出来找吃的，退潮时，就躲进石洞里。这个时节的红鲟，壳里装满了红膏，肉肥而实，膏红而香，美味可口。但是，它爬行迅速，有一对突出的亮晶晶的眼睛，一见人影就逃进洞里。渔民们摸到它潮涨三分出洞，潮退七分入洞的活动特点，用四尺长的粗铁线，制出了一种弯形的捕鲟钩，探进鲟洞，钩住它，往外一拉，一只又肥又大的红鲟便出来了。被叫做"海上狐狸"的跳鱼，也是一种很难捕捉的生物。它的双眼向上，善于跳跃，一跃便是三四尺远，身子又是滑溜溜的，见人就跳走，即使被你抓在手上，也要从你指缝间溜走，但是抓它也有妙法。潮水退了，跳鱼就要出来找吃的。这时，用一根竹筒插进洞里，涨潮时，追逐一下，它就一一往竹筒里跳。号称"八脚大王"的章鱼，浑身都是肉，是宴席上的佳肴，又是补品。它有八条长脚，善于挖穴，它的洞穴深而多道。它水涨时出来觅食，遇见人就放出墨烟，收缩身体，一溜就进洞，再也不肯轻易出来。章鱼居住的土层深度是随气温高低而变化的：气温高，居住在上层洞穴；气温低，居住在底层。因此，要掌握它居住的土层，必须注意观察它在泥涂上行走的足迹：足迹浅，它出洞了；足迹深，它进洞了。这样，才能捉住它。

潮涨时分，层层波浪从浩瀚的碧海中央涌来，重新占领海滩。那些穿着浅蓝的短裤的渔家姑娘们，仍坐在逐渐上涨的潮水里，潮水淹没她们的大腿，淹过腰部，可是她们仍满不在乎地兴致勃勃地蹲在水里不动。原来有一种只蚕豆大，生长在浅海地区的条鱼，喜欢趁涨潮时成群结队游到海滩来寻食。聪明的渔家姑娘便利用弄烂了的新鲜小虾，喷在米筛上，双手平稳地扶着潮水中的米筛，不一会，举起筛子，一满筛鱼入网了。然后，她们又把米筛浸在潮水中，凝然不动地等待着。

一个愿望在我心头油然而生：但愿我们都能和渔家人一样，面对着困难的时候，能够像他们那样顽强，那样坚韧，那样机智。

认识一座小城

黄文山

　　小城远在四百里外，四百里山长水迢，烟波迷茫。很少有人到过这座小城，甚至很少有人知道它的名字。小城默默地守着一份寂寞，同时也守着一份宁静。

　　造访小城的兴趣，缘于一座东山。其实，手头的资料里关于东山的记载十分简略，只是说它是太姥山脉的主峰，海拔1479米，灵崖叠翠，古寺隐约。不多的文字却让我为之动心，似乎文字后面还隐隐藏着些什么。那种心情，就像看到一则颇为凝练的书的简介，寥寥数行，却令人遐想翩翩。

　　动身的日子选在初夏的一个双休日，天朗气清，和风轻拂。翻过翠盖如云的北岭，便踏上通往闽东的道路。这条道路本来就不错，路边的景致更好。有时路的一边是海，海的蓝色波光从遥远的天边竟一直荡漾到车窗里来，恍惚间像是乘船在浪涛上疾驰。更多的时候，道路在大山间盘旋。身下是万丈峡谷，头顶是氤氲的云雾，浓浓的翠意使人醺然欲醉。山愈来愈深，路也愈来愈弯曲。待转过一处山口，只见淡若轻纱的云气中，一座峭立的山峰拔地而起，起伏的山脊在天际划出一条美丽的弧线。周围没有哪一座山峰能和它比肩竞高。不用说，这就是东山了。

　　小城就延展在峻拔的东山脚下。接堞的屋瓦、栉比的街市、穿梭的人流，繁华而不张扬，热闹而不嘈杂，平淡之中显示出一种富足而安详的气度。在小城漫步，遇上的人，全都彬彬有礼，且不慌不忙。其实，心浮气躁的人，只要抬头看一眼那擎天拔地的东山，便会感到自己的渺小，也就失去任性使气的理由。

　　小城能有这样一座大山作背景，是小城的福分。每天早起推窗，看到的第一眼就是东山。朝阳升起的时候，东山像一匹腾空欲飞的骏马；雨雾萦绕的时候，东山又像一幅淋漓洇晕的水墨画。一年四季，东山不断变幻美丽的姿彩，愉悦着小城人的眼睛，同时也陶冶着小城人的性情。于是，一座大山与一座小城便成了须臾不可分离的整体。

　　小城自有小城的生活节奏和乐趣。清晨，岚气飘飘浮浮，红男绿女们便不约而同地去登东山。东山对小城人来说，有太大太多的诱惑力。健身当然是首要的因素。东山虽然高峻，但一坡到顶，登山者始终可以看到前方的峰顶随着向上的脚步一点一点地移近，让人增强攀登的信心。何况上山的石阶修得很好，路两旁有扶疏的松林，透过松林，小城尽揽眼底。寻幽探胜或许也是一种动机。东山上有一处峭壁清泉如注，长年不竭。峭壁下的岩洞传说是马元真修炼得道的地方，自然充满了神秘和幽奇。在灵洞旁汲一瓶清泉，便是采集了一份东山的灵气。带回来，置于案头，东山的清泉便日日洗涤着、净化着小城人的心灵。

　　城市边上若没有一座山，就像少了一种依靠。而城区内若没有一条河，也就少了几分生气。这条叫做蓝溪的小河，给小城带来几多浪漫的情调。人们在溪里筑几道水坝，将鲤鱼放养其中。每当太阳下山的时候，蓝溪两岸便站满了人群，他们都在静静地观看鲤鱼嬉游。不知什么时候，这些五颜六色的鲤鱼成了小城居民的一分子，观鱼也就成了小城人生活的一个重要组成部分。晴天自不必说，即便是风细雨斜的日子，蓝溪畔依然伫立着难以尽数的观鱼人。他们买来刚刚出炉的面饼给鱼喂食。鲤鱼纷纷跃出水面，轻溅的水花，交织成一组组美丽的图案。大概是日渐生情，有时，鲤鱼闻声而至，围着人群打转且弄出阵阵水响，似在与熟人寒暄。观鱼之乐如此。小城人为鲤鱼考虑得十分周到，溪里敷有用水泥管做成的藏鱼洞，山洪来的时候，鲤鱼们只要躲进藏鱼洞便可保无虞。当然，也有一些年轻调皮的鱼儿，乘激流而下，欢快地越过一级级水坝，但最终却滞留在下游的浅水中。望着这一群在浅水里有些茫然无措的小鱼，人们不禁生出几分同情和几分感慨。

　　小城不仅有高耸峻拔的东山，愉悦人们的眼睛、陶冶人们的心性，城内还有一座仅 30 米高的小山——仙屿。那是上苍赐予小城人的一份厚礼。从山脚下不过五分钟便可登顶，因此是小城老年一族游乐的天地。仙屿周身披满蓊郁的树木，堪称小城的"空中花园"。山上有马仙庙，题额"鳌头一岛"。这题额给人很大的想象空间，也写尽了小城独有的风采。对小城人来说，仙屿就是微缩的东山。

　　小城的名字叫柘荣，据说古时候这里曾遍植柘树。在地图上，柘荣也如一片树叶，静静地飘落在闽东北与浙江交界的太姥山脚下。

柳树·柳城·柳韵

唐　颐

柳　树

对于柳树，一直以来都有一种亲近感，总觉得她是中华民族最有文化品位的树种之一。

"吹面不寒杨柳风"，说明了柳树是春天的象征。就如"春江水暖鸭先知"一样，人们对春天的感觉往往是从柳树开始的，当百花尚未吐蕾，小草刚刚露头，那婀娜的柳条上就悄悄缀满了鹅黄的嫩芽。二月嫩芽，三月返青，四月扬花，五月柳絮飞舞。看看柳树，就知道春在哪里，春有多深。

"无心插柳柳成荫"，柳树是平民百姓的树，它从不对生活的环境提出过高要求，它真正懂得什么叫随遇而安，而且会在每一个地方活得有滋有味，生机盎然。不管是旱在山脊，涝在水里，还是身居闹市，抛落荒滩，都会独善其身，兼济天下。

"两堤花柳全依水"，柳树似乎成了温柔的代名词。在国内，大约扬州的杨柳最为著名。在瘦西湖、在隋堤，水边杨柳，叶儿修长，枝儿袅娜，千条万缕，随风拂面，游人若在蒙蒙春雨中走过，那就叫温柔乡啊，一定连骨头都酥软了。其实，柳树也有刚毅的一面，在通往嘉峪关的古丝绸之路上，有一株五百

115

多年树龄的旱柳，树高 24 米，基围 15 米，粗大苍老，特别是树头具数种动物体态，像猛狮，似巨龟，如雄鹿，造型逼真，神形兼备。此树乃甘肃树木之冠。更值得一书的是，一百多年前，左宗棠率湖南子弟兵到新疆戍边，在陕甘宁沿途植柳，如今幸存的，成了著名的景观——"左公柳"。清人杨昌浚有诗："大将西征久未还，湖湘子弟满天山。新栽杨柳三千里，引得春风度玉关。"

"昔我往矣，杨柳依依，今我来思，雨雪霏霏。"这《诗经》的名篇大约是最早的一首咏柳诗了。我想柳树是最讲情义的，不然，在卷帙浩繁的唐诗宋词里，怎么会让柳树们见证了一场又一场的别离呢？"渭城朝雨邑轻尘，客舍青青柳色新。劝君更进一杯酒，西出阳关无故人。"有人称之为唐诗七绝第一首。"今宵酒醒何处？杨柳岸，晓风残月。"这是武夷山人士柳永的名句，也是宋词婉约派的代表作。"长安陌上无穷树，唯有翠柳管别离。"难怪有诗人说，一株杨柳，就是一处风情、一阕唐诗宋词。不能设想，假如没有柳树，古代文人骚客将如何讴歌春天，抒发情怀，宣泄离愁别绪。

柳　城

闽东有一个雅称"柳城"的山区小县——柘荣。柳城自然是满城垂柳，柳色如烟，柳浪闻莺。小城最繁华的十字路口，有一株古柳，如一位阅尽沧桑的老者，它成了柳城的标志。距它不远，还有一株婀娜多姿的垂柳，倾斜而长，依偎在叶飞将军题名的仙屿公园的门坊旁，而门坊背后的鳌岛，则是一片黛色森森的古树林，那是小城人引以为荣的"大"公园。

柳城有条龙溪，穿城而过，水清冽而缠绵。《柘荣县志》记载，1963 年始，两岸遍植垂柳。这些年，有关部门对龙溪进行了整治，放养了万千条鲤鱼，龙溪成了山城亮丽的一道风景线。尤其在夏季，海拔六百多米的山城无丝毫暑气，若是夕阳斜照或是晨曦初现的时节，漫步在河边，柳枝垂在眼前，垂在河面，枝叶拂在脸上，拂在水面，看着柳树的影子和自己的影子倒映在溪水中，鱼儿游来，搅和了水中的树与人。此境界，大约就是树我无间，人鱼谐趣了。

也许是柳皮和柳根可以入药的缘故，也许是生态太好的缘故，柘荣是远近闻名的药材大县，那里的农民兄弟种药材就如种稻谷和茶树一样得心应手。几万亩的田地，几十种的药材，到了开花季节，那漫山遍野的颜色，你只有眼花缭乱了。有一种药材，冠名"柘荣太子参"，它的产量占全国的三分之二，若是收获的季节，那村头巷尾，晒的都是遍体金黄的太子参，空气中都飘荡着淡淡的清香……

柳　韵

"碧玉妆成一树高，万条垂下绿丝绦。不知细叶谁裁出，二月春风似剪刀。"柳城的风水，曾打造出享誉大江南北，享有福建"张小泉"之称的"闽锋"牌剪刀，如今柳城民间剪刀手工作坊比比皆是，柳城姑娘剪纸刺绣用的就是这种剪刀。

也许是柳树悠久的历史孕育了柘荣的民间艺术。在柳城，民间剪纸源远流长，民间灯谜享誉全国，民间评话城乡遍及。2000 年,柘荣县被国家文化部命名为"中国民间艺术之乡"（剪纸、评话、灯谜），尤其是民间剪纸艺术，有如山里奇葩，淳朴馥郁，每逢婚嫁喜事、生日寿诞、岁时节令，这里的妇女们都用红纸剪个窗花、盘花、喜花、寿花等等，在家中粘贴，处处透着柳城的文化氛围。

柳城里住着一位年近八旬的老太太，名叫袁秀莹，她自幼酷爱剪纸，却大器晚成，20 世纪 80 年代末起，作品被不少报刊发表或被博物馆收藏，名气越来越大。她参加北京首届中华巧女工艺品大奖赛，获"中华巧女"称号。

我非常喜欢她的力作《百蝶图》，那一百只翩翩起舞的蝴蝶，形状各具特色，神态栩栩如生，用剪简练大胆，线条流畅飘逸，真是剪活了。袁老太太有位文笔不错的女儿是这样描写她母亲的："剪子娴熟地握在母亲手里，在亮闪闪的金箔纸上作线条流畅、姿势优美的舞蹈。落英缤纷的纸屑中，我看见一百只蝴蝶绕在母亲周围，纷纷扇动着美丽的翅膀。母亲垂首低眉剪纸的神情，让我相信母亲自己一定也看到了这一情景……剪纸的这一刻，母亲容光焕发，宛若蝶神临世。"

知母莫如女。我似乎看到了那漫天飞舞的柳絮，不就是蝶儿寻觅的花朵吗?

我有幸在柘荣工作过一段时间，如今每每春风拂柳的季节，涌入心间的总有那柳韵浓浓的柳城和质朴、雅致的柳城人。

春天的歌

谢瑞元

牛背的笛声

晨雾逐渐消散，桐江里树影逐渐清晰了。哦！是谁这么早在桃园里培土？他愉悦地听着什么？从南岸传来了笛声。笛声跌落在水面上，流得很远、很远……那清澈的桐江，映着那骑牛横笛的倒影。这孩子是"牛司令"，头剪"一片瓦"，脸蛋儿圆圆。

早春二月，桐江两岸大闹春耕，大人、小孩都忙呐。瞧！那牛背上驮着各种果苗——桃、李、橘、柚……叫孩子怎么不快活呢？！笛声渡过桐江，传到北岸。这时，从北岸顺流而下，传来了笛声。啊！江里又映着骑牛横笛的倒影。这女孩叫笑妹，头扎羊角辫，脸如桃花。叫她怎么不乐，现刻，她们植树计划超额完成了。

随着阵阵笛声，岸边传来一串笑声。啊！怎么叫人不欢欣

呢？这梧桐之江变成百花江了。瞧！"牛司令"神气极了，挺胸凸肚的，朝北岸吹着。笛声化成淙淙的桃花水，奔腾着、激溅着，流进新开辟的百果园里。

霎时，眼前仿佛叶茂花红，硕果累累。此刻，笛声显得那么喜悦与自豪。笑妹是个犟女孩，怎肯认输呢！笛声化成漫天春雨，浇洒着她心爱的百果园、万宝山，那芬芳的音符，显耀与骄傲地缓缓飞翔着，那意思仿佛是：百果园稀罕什么？我们种的果树不比你们少，还种了桉树、松树、柏树、樟树哩！"牛司令"听到北岸笛声，又横笛吹了起来。随着笛声的召唤，南岸放牛孩子围拢来了，抢着从牛背上搬下果苗，繁忙地栽了起来，并喊："比比吧，今天看谁栽得多！"笑妹听了，如火中撮盐，笛孔溅出激越的歌声，毫不示弱，表示应战。这时，老支书从桃园出来，哈哈笑说："好哇，来个栽树比赛吧！"

这时，早霞满天，桐江像被谁泼了胭脂，流着芬芳的桃花水，流着从牛背跌落的笛声……

吉 祥 草

清明时，奶奶从遥远的山村，捎来一篮"鼠曲粿"。这篮嫩绿色的"鼠曲粿"，勾起我童年的记忆。

小时，每当清明，我提着竹篮儿，跟奶奶去采鼠曲草。它长在田畔、山坡的湿地上，花儿淡黄，嫩绿的叶瓣儿上，闪着晶莹的晨露，密生洁白的绵毛，散发着清香。我们采撷时，心头充满着欢欣。这时，奶奶微笑着说："吃了'鼠曲粿'，'落春'了，农事便忙了。"每当采集到满满的一篮，在小溪边洗净，便晾在家里。

"鼠曲粿"是故乡"吃春"时节的主菜。奶奶是做"鼠曲粿"的能手。她把晒干的鼠曲草磨成粉，和在糯米粉里，用笼子蒸熟后，做成小巧玲珑的梅花、杜鹃、石榴等花形，然后拌糖或煮或炒，清甜美味。一种是把鲜鼠曲草蒸熟，和在蒸熟的粳米里，拿到村前水碓去舂。这时，水碓里闪着盏盏金亮的灯火。舂"鼠曲粿"的男女青年，盘着抒情的山歌，欢声阵阵，笑语频频，热闹极了。舂"鼠曲粿"的"咔嚓"声与流水的"哗哗"声，组成生活芬芳的音符，在绿色的田野上款款飞翔。朦胧的春夜月，也从云缝中露出欢欣的笑容，窥视着这幸福的节日里的山村。每当舂完一臼嫩绿、喷香的"鼠曲粿"，奶奶便放在厚而坚实的宽长垫板上，于是一阵繁忙的搓捏，做成各种象征吉祥、幸福的形状：宝塔、白鹤、寿星……在众多艺术品中，奶奶捏塑的形象栩栩如生，博得大伙好评。

奶奶对鼠曲草充满感情。她称它是祥瑞之草，吃了能避邪除病，人寿年丰的。以后，我虽离了故土，居住在城镇，每当清明，她总捎一篮"鼠曲粿"来，祈愿我一家也吉祥如意。

在童稚的回忆里，是一片充满明媚春光的芳草。我的相思化成一只彩蝶，永远迷恋着它。我想：如今奶奶愿望已经实现，吉祥草又长满山野了……

｜二月二，畲家乐｜

缪 华

宁德市是畲族的主要
聚居地，现有畲族人口近
十八万，占全国畲族人口
的四分之一和全省畲族人
口的二分之一。

在长期的生活中，畲
族形成了悠久的民族文化
和风俗民情。畲歌是畲族
文化的重要内容，其以鲜明的民族元素和独特的民族风俗，成
为畲族文化得以延续并发展的重要脉络。每逢传统节日、婚嫁
喜庆，青年男女对歌抒情，盘歌交友。

二月二，畲家乐。作为畲族的重要节日之一，传承了
三百六十多年的"福鼎市佳阳双华'二月二'畲族会亲节"，
如今已被公布为福建省第一批非物质文化遗产项目。早春二
月，我们来到了福鼎市佳阳畲族乡的双华村。这是一个有着
一千六百多畲族人口的畲村，其所处的闽浙边界的特殊地理环
境，为畲族民俗的生长提供了独特的文化土壤。探源溯本，"二
月二"以民间群体文化为表现形式，承沿先祖遗俗，世代相传。

《中国民间故事集成·福建卷·福鼎分卷》记载了双华"二月二"的由来。

清顺治年间，畲家从浙南蒲门、甘溪一带迁徙到双华，开基筑厝。一天夜晚，风雨大作，从厝基后壁石洞里爬出两条米斗粗、两丈多长的大蛇，一青一黄，盘蜷在厝基上，直到天亮仍不肯离去。族人说，这两条蛇有灵性，不得伤害，遂扛到水口放生。当晚，两蛇又回厝基。再放生，复来。祖公头亲率族人以挂红大箩扛蛇，一路鼓乐吹打，送至海口，焚香燃烛祝告："蛇仙入海，成龙上天；若恋本境，仙形莫现；起宫你住，祀奉香烟；年年做福，保护山哈；风调雨顺，岁岁丰年！"果然，这两条大蛇就再没有回来了。某夜，祖公头梦见一个红面和一个蓝面的将军向他致谢。天一亮，祖公头连忙召集雷、蓝、钟三姓头人商议，择定"二月二"破土开工，在蛇仙入海的山脚下建盖石宫，塑红面和蓝面将军像各一尊，予以奉祀膜拜。这红面将军就是畲族传说中的"千里眼"，而蓝面将军则是"顺风耳"。

从此，双华四境平安，人丁兴旺。三姓子孙、亲戚遍布闽东、浙南各地。祖公头和族人商议，将"二月二"定为祭奉神明、祈佑平安的节日，在外的山哈都回来朝拜、供奉、会亲。会亲不能没有歌助兴，会亲的日子更要纵情大唱。于是，以歌颂神、以歌会亲、以歌待友、以歌传情的"二月二"代代相传，逐渐形成了盛会。

会亲节源于畲族民间，带有强烈的民族性格和浓郁的乡土气息。畲民引吭高歌，欢庆佳节。一大早，前来双华会亲访友的畲民成群结队，边走边唱。歌台上，身着民族盛装的歌手轮番上阵，台上唱得是声情并茂，台下听得是如痴如醉。人越拢越多，情越唱越浓。除了登台唱，他们还自由组合，田野、茶园、溪畔、竹林，到处都是悠扬的畲歌，此起彼伏，互不相让。唱到高潮时，"散条溜"也出现了，这可是一种最能体现畲家演唱水平，即物起兴的形式呢。

歌声如潮，笑声如浪，畲村成了一片欢乐的海洋，会亲节也因此有了"会歌节"、"盘歌节"之说。歌会吸引了闽浙边的众多歌手，他们都把"二月二"看成是一次民族的大交流、大聚合。盘歌开始时，对方若是远方生客，必请其先唱《高皇歌》；结束时，男歌手则唱《送神》，女歌手接唱《送郎》。那婉转而多情的歌声，在山谷中久久回荡……

晚上，人们余兴未了，那就点起篝火接着唱。对歌对到高潮时，围观的人群也加入了进来，闹起"火头旺"（畲族的一种表演形式）。直到子夜已过，方才曲终人散。

"二月二"不仅仅是对歌，还有许多民俗活动。畲民们从农历正月二十六下午就开始"做福"（祭神），迎神避邪、庇佑平安。头人率众把宫里的华光大帝、千里眼、顺风耳诸神请回家（畲族称"下殿"）。二十七至初一，畲胞鸣枪放炮，敲锣打鼓，抬着诸神游遍临近的十几个自然村，直到初二下午方送神回宫。节俗特有的彩装游灯、插旗以及投叉、打尺寸、练拳搏等游戏体育活动，也展示了绚丽多姿的畲族风情。

畲歌，无论是民俗特色、文化内涵还是表达方式、曲调词意，都称得上是我国民间艺术的一朵瑰丽的奇葩。双华"二月二"畲族会亲节，吸引着越来越多的山哈和宾朋纷至沓来，闻着春天的花香、听着畲歌的旋律，让心与心、情与情相会在双华这个美丽的畲村。

浮城观止

陈章汉

　　靠山吃山，靠海吃海。这是烟火人间的苦主们匍匐于实践而后认定的生存方式。接下来的一个局外疑问是：靠海吃海的人，住也在海上吗？

　　是的，先前确有一批捕鱼人家，似乎只合永世漂泊的宿命。他们上无片瓦，下无立锥之地，唯一所剩与大地的未绝之缘，是那张像手一般想抓住崖岸的锚。船，就是他们的家，故称"连家船"。船上晾着的衣裤和三餐的炊烟，便是漂泊人家的生命之旗。

　　曾经是大地的弃儿，现在不是。宁德海边走一遭，才知数以万计的连家船民，这些年载欣载奔，鱼贯登陆，在政府统一兴建的虚位以待的新居里，各自安下了家，做成了安定稳定的老梦。虽然，被称作"疍民"的同胞们，过惯了水上生活，船上不晕上岸晕，人家"晕船"他"晕陆"，没有晃动的眠床，即使是席梦思一时也难以入睡，水泥钢砖地板感觉不如船板浪漫温馨。但无论如何，从水上栖身，到陆上定居，是个划时代的变迁，他们好歹有了根，可以与陆上乡亲同享好山好水。这是多少代祖宗梦寐以求的啊！

　　然而，过上窗明几净的日子，渔家子弟并没有乐不思蜀。他们在岸上落地生根后，仍思谋着回头"吃海"。海为龙的世界，讨海人是龙的传人。他们比以前更懂得爱海。"五车书已留儿读，二顷地应为鹤谋",那么海呢？"吃海"不能"毁海"呀！他们反省着以往掠夺性捕捞的危害，选择了科学养殖：不仅养鱼，同时养海。

慕名探访三都澳官井洋大渔场，但见延绵不绝的养殖网箱，迤逦于千顷碧波之上；十万网箱上建有数以百计、千计的棚屋，看上去挤挤挨挨又秩序井然；其间的大街小巷尽是水路，靠小舢板过村串户，小快艇则穿梭于海陆之间，其景观俨然是一座极富江南水乡情调的海上浮城。据统计，各方聚拢而来的养殖户已达八千户。

这是一个近几年才形成的生机勃勃的群居社会。其泱泱大族的主体，是上岸后重新耕海的部落，也有被裹挟着离田下海尝试的农民，还有一部分是外地市的养殖好手前来加盟。偏安一隅的这座浮城，却有着与现代化进程同步的管理机制和生活色彩：有党组织，有医疗队伍，有水上"110"，有图书阅览室，有娱乐休闲设施，有餐饮购物场所，很有"在沙家浜长驻"的样子。

网箱里主要养着黄鱼。黄鱼如今已成"贵族"。有人捕获过百来斤的一条，单鱼胶就卖了几万元！自然生成的黄鱼，捕一条少一条；曾经的"敲船帮"作业，更是灾难性生产。网箱养殖黄鱼，从产卵，到育苗，到成鱼，再产卵……周而复始，批量生产，子子孙孙无穷匮也，这叫"可持续发展"，渔民们都挂在嘴上呢。

如今，讨海一族在海上养一窝鱼，在陆上养一窝人，两头顾着，来来去去，带着春消息，带着好心情。宁德市委有心"再造一个海上闽东"，他们举双手赞成，嘴里很新潮地喊一声：OK！

满 月 潮

邱景华

　　霞浦三沙是闽东著名的渔港，有一条半里长的防波堤，长长伸向大海，把五澳的海面拦腰切断。堤内风平浪静，成了渔船停泊的避风港。堤外层层涌来的波浪，拍打着坚固的石堤，溅起高高的白色浪花。

　　"海上生明月，天涯共此时。"坐在海风吹拂的防波堤上，观赏着海上的明月，是故乡留给我最美的记忆。我在防波堤上观潮赏月可谓多矣，但此生最难忘的是一次中秋观大潮，那真是大自然的奇观。

　　黄昏时分，蓝蓝的海空上还飘浮着几片火烧云，来防波堤

127

上观月赏海的人已经很多了。我早早就坐在海堤尽头的航标灯下，看脚下慢慢涨起的一层层海浪，轻快地向避风港涌去。退潮后裸露出的一大片泥沙滩，渐渐缩小，最后被海水淹没了，渔港宽阔了许多。港内百来艘原来是东倒西歪的渔船，此时被海水摆正了，桅杆似乎升高了。天暗下来了，几艘夜航的船只，乘着涨潮的海水，"突突"地驶出避风港，几点闪烁的灯火，渐渐远去，最后消失在淡淡的水平线上。仰望广阔暗蓝的夜空，银河也看得特别清晰，像是在夜空中灿烂地流着……

噢，来了！东边海岬的山角上，慢慢地露出了中秋月金色的圆头。海堤上顿时人声鼎沸。一会儿，金黄色的圆月，爬出山角，升上天空，海上明亮起来，开阔起来。一条金光闪闪的月光倒影，从远方海面一直铺到我们脚下的海堤，仿佛把我们与明月神秘地连接在一起。那无数跳动变幻的亮斑，在海面上不停地闪烁着，逗引起无限缥缈的想象和幻觉。真想踏着脚下这条闪烁的光带，走向中秋之月……

月亮渐渐升高，渐渐变小，也渐渐变淡了，最后升到半空中，是一轮又白又亮的明月。夜空仿佛更高了，显得深邃无垠。

海风渐渐大了，海浪又急又快，重重地拍打着海堤，"噼噼啪啪"地响着，浪沫飞溅到我们的身上。海水不停地涨着，涨着，离堤面越来越近，仿佛要把海堤淹没。赏月观潮的人群，纷纷从长长的防波堤上向岸上撤退。我们也退到离岸边不远的堤头。月光下的海堤，分出两种不同的景观：堤外，波涛汹涌，潮声震耳；堤内，却波平浪静。但海面还在慢慢地升高，平静中蕴涵着一种让人恐惧的巨大威压。海堤上，一个稳稳坐着的老渔民，乐呵呵地对几个慌慌张张往岸上跑的姑娘说："不要怕，除了台风巨浪，平时潮再大，从来不会淹没海堤的！"姑娘们停下脚步，慢慢安下心来，也坐在老渔民的旁边。一会儿，又响起口琴伴奏的歌声……

　　大潮终于平了。海水一直涨到姑娘们的脚下。远远望去，月光下半里长的海堤，像一条大鲸鱼刚刚浮出水面的脊背。

　　夜已深了。我们还坐在海堤上，不忍离去，在海风和月色中沉思着大自然的奥秘。假如没有明月，潮再大，黑夜里只能听听，看不到波涌潮涨的伟力；假如没有大潮，明月照海，也只是一般的景致。呵，此时天上是满月，地上是满潮，这真是宇宙精心安排的奇妙而壮美的圆满时刻！

江边有棵老榕树

卢　腾

　　我的家挨在赛江边，门前有棵老榕树，苍翠的枝叶一半遮在我的屋顶，一半荫着窗下石砌的小埠头。

　　这棵老榕树像一位和蔼的长者，每当夕阳衔山，晚霞染红一江轻波时，它就轻轻地拂动长长的须根，"飒飒"地摇响青青的叶片，深情地期盼和召唤着星散在江上辛勤劳作的连家船，满载喜悦回归身边。

　　鸟儿归窠了。树上雀噪"唧唧喳喳"，江上的船儿也打起双桨，像鸟儿扑腾翅膀，飞快地聚泊到树下来了。不一会儿，树下水上人家的欢笑声，就压过树上的鸟声。船，轻轻地晃动着。男人在女人的叮嘱声中，提着、挎着满筐满篓鲜活的鱼虾，踩过亮闪闪的石阶上岸叫卖去了；女人在男人的吩咐声中，淘米生火晚炊。刹那间，树下飘升袅袅炊烟。勤快的渔姑们，有的抽空到船头洗衣物。她们一面撩拨清清的江水，一面哼着渔歌："一粒橄榄两头尖，鲤鱼过门九重天。哥打前桨妹掌舵，妹愿随哥到天边。"邻船的后生仔，或是岸上树下乘凉的青年哥，耳灵的，一听就答唱："一粒橄榄两头梭，石牛（礁石）喝水九层涡。妹上牛背哥随尾，渔歌唱得日不落。"水上对，岸上和，有的连家船就头并头地结成亲了，有的渔妹仔则被岸上的青年哥对走了。若局外人问："媒人是谁？"男女双方都会朗声回答："老榕树公公做大媒。"

有人成亲那天，迎亲或送亲的百子鞭炮，长长地挂在树梢，悠悠地垂到江面上，火爆爆地炸响。这种日子，不仅树下桀红漆绿的连家船被洗刷得更鲜艳，爱讨吉利的人还会结两朵大红绸花高高悬在树上。接着，盖红头巾、穿红袄红裙红绣鞋的新娘子，在激越的唢呐声中，被接过新船帮，钻进新篾舱了。要是嫁岸上的青年哥，渔妹仔一跨出自家的船帮，就被埠头上早候着的一把大红伞遮着接走了。老榕树下喜洋洋的场面，谁见了都心醉！

老榕树何尝只为成亲搭桥牵线受到年轻人的钟爱。当江面上风雨大作时，一艘艘连家船拢到它身下，它又以硕大无朋的绿冠挡住狂风暴雨，保水上人家的平安。

突然一天，小镇计划修江滨路，说要砍掉这棵树。这下子惊动不小，人们七嘴八舌说："砍树容易栽树难，砍不得。""它是江边风水树，要保住！"草木无言人有情，于是有人宁可拆自家老屋，让出三尺地，更多的人出钱出力，路往里修，老榕树终于保住了。

现在这棵树，依然屹立江边，俯览江上如画的风光。它是渔歌晚唱的首席指挥，是年轻人喜结良缘的月老，是江上风雨的保护神……所以人人深情地祝福它永远枝繁叶茂。

临 水

陆宜根

从凡俗的形骸到仙风道骨，临水的倒影该做怎样的想象呢？她的天真笑声似流泉水花一路跳跃的音符，六七岁时，那双会说话的大眼睛就已经叫一个七八岁还不会说话的男孩子为她而开口说话了。15岁的花季，又让这位与她订了娃娃亲，也已经考取了功名的刘杞在洞房花烛夜空轿而回，再等她三年，也不再去找别的女人。她的学养功法介于苍茫夜空的明白月亮和隐约星藏。助夫断案，以闾山正法与闽王国法熔为一炉扶弱锄强。进宫斩杀白蛇，拯救闽王三夫人和三十六嫔妃，将她们收编为临水学员，掌管百花桥，在民间助产保赤，让临水香火返照人间灶火。只要人间炊烟不断，临水香火也就绵绵不绝了。

顺着百花桥走进临水宫，我们仿佛走进拥有三十六宫的闽王宫。乱世十国，吴越钱镠和闽王王审知都不愧是开国明主吧？闽王有闽王庙，谥称"忠懿王"。陈靖姑有临水宫，皇封"顺懿"、"圣母"。一个忠懿、一个顺懿，懿懿辉映，他们分明是两个同时闪耀在福建天空的滨汉星座。既然有闽称国，她便是生逢其时的开国女神，理所当然的奠基元神。她 18 岁结婚，24 岁罹难，因此十邑地界从始至今没有哪个女子在 24 岁和 18 岁结婚圆房。自古花期无误，一年 360 个明白天，360 个不眠夜，如果没有一种神圣的感召，一种母仪天

下的终极关怀，如果没有由衷的崇拜，如此青春年华怎么能耐等待？这种既成有验的定俗，为什么不因国破而破败，不因家亡而消亡？

　　走下百花桥，临水的晶莹是可以触摸的水灵。太阳的水印宛如月亮的轻柔平和，我们在倾听一曲来自天外的美妙乐章。虽然你我的手相掌纹暗示着不同的命运，但我们同时都在朝圣那一轮水月观音，感受着一种纤尘不染的纯明，从而坚信某种神祇的四维存在，祈求灵魂的安宁和随时的照应。站起来是东西塔，躺下去是洛阳桥，这是一个做大的人生，一种不可泯灭的闽国精神。

　　我们不知道，一千多年前的闽国人浮躁不浮躁，玩不玩深沉。不知道什么时候浮的南台，什么时候沉的闾山，什么时候又是半浮半沉的半夷半蛮。我们临水，却实实在在看到了临水的深沉。不是吗，龙源水电站临川蓄水，面前泛起了浩渺的烟波，原先的溪道埋藏在了水底。大群的松鹤不知从什么地方飞来寻龄养年，作倒影如鱼，在溪流故道寻找着什么。更大的背景是千年古县城的整体沉沦。50 年了，古田溪在龟濑截流，筑坝 70 米高，波澜壮阔 37 平方千米。

　　我们不要以为总在岸上就没有漂泊，不要以为深沉就是沉默。临水的风险越来越大。呼风唤雨也是一种神圣的使命。虽然师傅早在她出山回头一望时就已经叮嘱：24岁莫动法器。可她不得不动，法席就设在白龙江台江，脱胎祈雨应是带身过劳的吧？一边是公鸡在扯着脖子直叫："浮、浮、浮……沉！"一边是鸭子"嘎嘎"地唆住法席四角不让它下沉。什么时候沉没，说沉就沉；什么时候漂浮，说浮就浮。人生本来就是浮的浮、沉的沉，看你走时不走时。世事如此，不蹈法席，脚下的席地何曾不是如此呢？尽管这以后十邑的妇人做月子一概杀鸡不杀鸭，吃的是公鸡，一群一群的，整月整月的，大吃了一千年，怎么那鸡并不比鸭子少，还有越吃越多的趋势。这是为什么呢？有半真半假的主出来压惊："既有鸭母洲，就有金鸡山嘛。"言下之意：沉浮都是自然景观，很好看呢；鸡鸭头牲也都是鱼米之乡的土特产，很好吃呢。而半信半疑的人却没病找病：有什么法呢？找闾山？闾山大法院五百年才开一次法门。去茅山？茅山虽然看得见也摸得着，只是邪法无大用。去车山吗？车山上下标示野生动物保护法，谁敢再动法器呢？

　　我们别无选择，只能临水。

坦洋工夫

刘松年

闽东最高的峰峦白云山麓，有一个清幽秀丽的小村落，这就是著名的坦洋工夫茶的原产地——福安市社口镇坦洋村。在"坦洋工夫"香霏环宇、芳名远播的日子里，从国外写来的信件，无需冠以省、地、县的前称，而直书"中国坦洋"，便可准确无误地安抵收信人手中。

"坦洋工夫茶"创制于1851年，列"闽红"三大工夫红茶之首。1915年坦洋工夫茶参加在美国旧金山举办的巴拿马太平洋万国博览会，与贵州茅台酒等同获金奖，奠定了世界名茶的地位。明洪武四年，有一位名叫胡应才的农民，开始在坦洋村培植茶树。他发现在坦洋的山地里培植的茶树，枝繁叶茂，生命力强，可以从清明开采，时历三春，直到秋末的白露。经过几代人的努力，胡姓家族终于在明末清初开始用揉揉、发酵、烘焙等方法精制工夫茶。经过炮制后的茶叶肉体厚，泡水浓，汤色红艳，鲜醇清甘，冲泡多次色、香犹存，坦洋工夫茶开始扬名。

清朝初期，坦洋工夫茶开始行销国际市场。最早把坦洋工夫茶销售到国外的是胡姓的万兴隆茶行，其茶标为"坦洋工夫"。而后"祥记"、"生记"、"泰大来"、"丰泰龙"、"瑞记"等等著名茶行相继崛起，茶标皆为"坦洋工夫"。

清咸丰元年（1851）至光绪七年 (1881) 是"坦洋工夫"渐趋成熟、名声鹊起的时期。坦洋茶业的鼎盛时期是清朝中叶和民国 4 年到 17 年这两个时段。最隆盛时，光坦洋一条街就有 36 家茶行。每年制干茶两万多箱。茶叶收购的范围方圆几百里，囊括七八个县，畅销二十多个国家。

当时与外商做生意采取的是贷款的形式。每年旧历二月二，茶商们便到福州向各国商家领取"茶银"。茶银用桶装，每桶1000 元。春初，从外国人手里运进一船船的白银；春末、秋后把一船船的茶叶运给他们。当时有句民谚说："国家兴，乌换白；国家败，白换乌。"其指的就是鸦片、茶、白银的交流。

坦洋工夫的兴盛带来了坦洋空前的繁荣。清溪两岸新屋林立，三座拱桥临河崛起，两条平行的街道有各类店铺一百四十多家。

当时有一首歌谣写道：

> 茶季到，千家闹，茶袋铺路当床倒。
>
> 街灯十里亮天光，戏班连台唱通宵。
>
> 上街过下街，新衣断线头。
>
> 白银用斗量，船泊清凤桥。

那热闹繁华的景象人称"小福州"。

这个时期，坦洋收购茶青的范围上至政和新村，下至霞浦赤岭，旁及泰顺、庆元，横跨二省七县，方圆数百里。四面八方的茶青云集坦洋加工，原本只有 200 来户、1000 余人的村庄，竟有茶行 36 家，年雇工 3000 余人，年产茶 5 万多件（每件 75 斤），产值 100 多万银元。在这个"坦洋工夫"的黄金时代，坦洋村从街头至村尾，年制茶千件以上的大茶行有 23 家，千件以下的小茶行 10 余家，形成了一条名声远播的"茶行街"。

街头第一家茶行是元记茶行，行主吴赓俞。这家茶行由 3 座房屋组成，共有铺面 36 间，雇工 100 余人，拣茶工 200 余人，年产精制坦洋工夫干茶 2000 余件（合 2000 多担），纯利润可获 5 万银元。元记茶行以白云山下的岭下村为"根据地"，收购农民的初制干茶。每年发放"茶银"时需要 70 多人，挑着 140 多桶（每桶装 1000 块）银元，一路长蛇阵，从坦洋挑到岭下村，发给当地茶农。岭下村的庄稼大户们见了这么多白花花的银子，惊讶地说："冬下我们挖的番薯还没这么多哩！"

从元记茶行往下延伸，依次是宜记茶行、福奎茶行、冠新春茶行、裕大丰茶行、占德发茶行、胜泰来茶行……最后是丰泰隆茶行，大茶行约有 36 家至 38 家。

一家茶行就是一家独立的茶叶公司。如胜泰来茶行对外做生意就是胜泰来茶叶公司，裕大丰茶行对外就是裕大丰茶叶公司。而且，他们都有自己的商号和商标，有自己发行的"茶银票"；在福建省会福州

还设有自己的办事
处——茶栈，专门
与外国洋行、外商
交往、做生意。民
国23年，两位俄国
茶商就是由福州茶
栈老板欧阳创之陪
同，来元记茶行参

观、做买卖的。茶行从发放茶银、收购茶青到精制出厂、销售
服务，实行"一条龙"运作，"坦洋工夫"红茶远销荷兰、英国、
法国、俄罗斯、日本等国，并在巴拿马万国博览会上荣获金奖。

从1851年"坦洋工夫"创始至1950年，这百年间，对坦
洋打击最大的，莫过于日本的对华侵略战争。当时由于通往欧美、
东南亚的海路被阻断了，"坦洋工夫"茶的主要销路被堵死，外
国茶商基本绝迹，茶叶没人买，茶园无人修。坦洋村村民逃离
一半多，对面的新街消失了，茶树挖了，桂林砍了，桥被大水
冲走了。正如民谣所唱："茶叶没路走，茶农挖茶头；茶败坦洋败，
两街凉溜溜。"

当时，国民党第三战区政治部有一个调查记录："……福安
只有茶户200户，茶农900人……"同一时期发行的《福安茶
叶茶号》一书亦云："坦洋茶号仅剩11家。"

此后，"坦洋工夫茶"一蹶不振，风光不再，直到改革开放
后才逐渐恢复生产。近年来，当地政府努力发展民族品牌"坦
洋工夫茶"，规模宏大、设施完善的坦洋工夫红茶生产基地出现
在福建福安市，"坦洋工夫"获得了新生。

奇特的霍童线狮

石刃

因灵山秀水而成为道教第一洞天的宁德霍童，其神秘的宗教氛围与悠久的历史文化，令人流连忘返。而被列入第一批国家级非物质文化遗产名录的"霍童线狮"，更为这个闽东历史文化古镇增添了几多风采。

最早看到霍童线狮，是在霍童传统节日"二月二"灯会上。"咚呛、咚呛、咚呛"，伴随着一阵密集的锣鼓声，在霍童街尾特地搭起的舞狮台上，三只狮子时而腾空而起，时而凶猛地寻球、抢球、追逐、厮打、翻滚、回旋、奔闯……舞台后方同样十分精彩。

十几个小伙子，用手中绳索控制着前方铁架上线狮的头、尾、腮等关键部位，脚步随着锣鼓的节奏迅捷地腾挪跳跃，把三头狮子（子母狮）舞动得起腾挪跃，上下扑闪，千姿百态，惟妙惟肖，令人赞叹不已。

让我惊奇的是霍童线狮那独特的表演形式。舞狮表演，我们司空见惯。常见的舞狮都是双人钻在狮子皮套中扮演憨

态可掬的狮子抢夺一个汉子手上的绣球，狮子的动作一般比较从容、缓慢。而霍童线狮却独树一帜，不是人套狮皮，而是把特制的绒线狮高悬于四米多高的架子上，由架下众人通过长长的绳索来操纵。这种独特的舞狮表演，被称为"中华一绝"，名副其实，当之无愧。

在亲临其境观赏霍童线狮的精彩表演后，人们无不赞叹霍童线狮是智慧与力量的完美结合。在四米多高的架子上，三只重约十五公斤的浑身金红毛的漂亮彩色狮子飞悬空中，随时作扑腾状。狮子头部、尾部和双腮系上绳子，通过装在架子不同位置的滑轮，可以灵活拉动，绳子构成了狮子的"神

经系统"，由人在活动舞台的后面掌控。操作者以不同手法拉动绳子，狮子除了能表演传统舞狮表演的出洞、钻穴、登山、下岭等动作外，还能表演互相追逐、寻球、抢球、啃球、踏球等高难度动作，层次分明，千姿百态。经过历代民间艺人实践创造，时下霍童线狮发展为三狮（母子）同台表演，表现力越来越强，能表演坐立、蹲卧、苏醒、伸展、打呵欠、抓痒、搔首、舔毛、蛰伏、依偎、跳跃、奔窜、上柱、下地、钻穴、出洞、登山、跳涧、越岭、飞腾、回旋、翻滚、喘气、战栗、怒吼、咆哮等动作，光是表现狮子戏球，就有寻球、追球、得球、踩球、咬球、争球、抢球、抱球、抛球等动作，诙谐轻巧，栩栩如生。配合大鼓、

大锣、大钹的高亢音调和现代的灯光特效，再加上喷雾器的运用，狮子时而喷云，时而喷火，显得有声有色，引人入胜。

霍童线狮乍看似乎和提线木偶戏差不多，但线狮的表演要比木偶的表演难度大得多，不仅要克服舞台上小狮子的重量，而且要把几头狮子抢珠、衔东西、舔毛的动作在舞台上表演到位，这不但考验着表演者的技巧，而且考验着表演者的体力。只有做到人、线、狮三者合一，才能舞出活灵活现的动作。当你看到台下那一群胳膊上、胸脯上凸现着强健的肌肉的壮汉一个个身手矫健，在大汗淋漓地操作线狮时，你更能感受到这是一种技巧与力量的展现。

霍童线狮历史悠久。当地每年举办"二月二"灯会以纪念隋代谏议大夫黄鞠在霍童凿山开渠灌溉农田造福子孙的伟大功绩，线狮表演是灯会上最具特色的节目。明代以来，霍童线狮就成为当地节庆文化的重要组成部分。相传早年间，有一老者爱孙心切，孙儿要取下门窗花格木雕的狮子戏球玩耍，老者无法取下，为逗孙儿喜欢，就用布包棉花，扎成"狮子"，系上线，穿过太师椅靠背花格，拉动其线，"狮子"便跳动起来，逗得孙子哈哈大笑。后来，老者逐步将它改进为有头有脚的"狮"，给孙儿当玩具。经过不断探索，当初的小布狮演变成现在重约十五公斤，要搭起四米高的架子，并用数根绳索、多人拉动的"霍童线狮"。

技艺精湛的霍童线狮，是竞争的产物。每年农历"二月二"灯会的民俗踩街活动，当地各姓氏宗族组成的线狮队都要前来登台献艺，各展风采。在霍童，线狮技艺最为精妙的，当数黄氏和陈氏两大家族。按照当地人的说法，每年的"二月二"灯会，就是黄氏线狮与陈氏线狮的擂台。正是由于不断比拼，不断创新，霍童线狮得以传承和发扬光大。

霍童线狮以其独特的表演形式，被列入第一批国家级非物质文化遗产名录。2009年2月9日元宵节在北京全国农业展览馆举办的"中国非物质文化遗产传统技艺大展系列活动"开幕式上，作为最后压轴戏的"霍童线狮"，令观众大饱眼福，拍手叫绝。在闽东地区，霍童线狮已成为当地旅游文化的重要组成部分，也成为两岸文化交流和对外交流的友好使者。中央电视台《走遍全国》、《天涯共此时》等栏目做过霍童线狮专题播放，线狮表演被海内外观众誉为"一绝"。霍童线狮曾赴厦门参加"两

宁德邸中画菊
唐　寅

黄花无主为谁容，冷落疏篱曲径中。
尽把金钱买脂粉，一生颜色付西风。

岸一家亲"艺术表演，还被邀请到澳门巡回演出 14 天。此外，霍童线狮还应邀参加国内各种重大活动和重要比赛，荣获过表演一等奖、民间绝活金奖等荣誉。

千古绝唱四平戏

张文忠

好比经历了千万年风雨依然留存于南国山野的红豆杉，有一种古老的戏曲穿越了千百年的时间隧道，至今依然存活于闽东屏南的山村舞台上，这就是被人们称为"戏曲艺术活化石"的屏南四平戏。

四平戏，这个看似寻常的地方剧种，却有着悠远的渊源，始自千百年前的唐代，源于那个著名的风流皇帝唐玄宗。据说原先民间没有戏，唐朝天宝年间，有一回玄宗皇帝和文武百官在宫里看戏，正当大家嬉乐的时候，有一个宰相在流眼泪。玄宗就问宰相为何流泪。宰相说："我在这里看戏，老母在家却没戏看，怀念慈母，所以流泪。"玄宗感念宰相一片孝心，传旨赐一个戏班到民间去唱戏，就叫做"赐民戏"。流传到后来，"赐民戏"渐渐又转音成为"四平戏"了。

屏南四平戏于明万历年间由江西传入。当年龙潭村人陈清英到江西教馆，遇到四平戏班，就随这戏班去学戏，在这戏班中唱了十几年，后因屏南老家母亲过世，回家来待了几年，人也老了，不能再去江西戏班唱戏。陈清英觉得自己唱了十几年戏，舍不得丢掉花了半辈子学来的功夫，就在村里筹办了戏班，从此四平戏就在屏南一代一代传了下来。

龙潭村四面环山，位于宁德、屏南、古田交界处，自成一

145

方天地，交通的闭塞、生活的贫瘠、文化的匮乏，无意中造就了四平戏流传的"世外桃源"。当地人把四平戏视作珍宝，每年数次的四平戏演出是他们难得的精神盛宴。当时仅一百多户人家的龙潭村就有"老祥云"、"新祥云"、"赛祥云"等诸多班社。"老祥云"驰名闽东北，并曾到赣西及浙东地区演出，在农耕社会，演四平戏一度成为当地村民的一种谋生手段。每年二月三日开始学戏，六月四响排，八月三出艺，九月九外出，第二年春耕时回来。外出的前一天，要演一场"出门戏"，回来那天要演一场"回门戏"给村里人看。这种古朴的遗风一直保留到今天。民间也流传"看戏屏南班，下酒老鼠干"、"会溪出瓷瓶，龙潭好四平"等谚语。

　　四平戏唱腔属高调系统，古朴粗放，句末帮腔，一唱众和。屏南四平戏的唱白皆用土官话，前台干唱，后台帮腔。唱腔结构形式为曲牌体，常联缀演唱，旋律高亢激越，朴实流畅，间以滚唱、滚白，曲词通俗，行腔自由，发声以本嗓为主，假嗓交替，一唱众和，帮腔突出，尾声多翻高八度，乃到二个八度。表演风格粗犷而古朴，并有真刀真枪的武打场面及耍獠牙等特技，惊险刺激；其两军对阵的穿花程式，十分严谨，加上剧情中经常出现丑角的滑稽表演，令人捧腹。后台只有锣、鼓、钹、板鼓四种打击乐器，以鼓为主指挥，音律抑扬顿挫。这与清代戏曲家李渔在《闲情偶寄》中说的"弋阳、四平腔，字多腔少，一泄而尽。又有一人启口，数人接腔者，名为一人，实为众口"的论述完全一致。动作有腾、挪、滚、打，随鼓缓急进退。其角色分生、旦、净、末、丑、贴（占）、外、夫（老旦）、礼九门十二行当。

尤其可贵的是屏南四平戏还保持着大量宋元杂剧和南戏的表演体制，如粗犷的身段科介、南戏的诙谐与科诨、特有的脸谱和行当、以实应虚的形象效果、北杂剧的表演程式、副末开场和自报家门等等，常演的剧目有八十多本。特别值得一提的是，四平戏完整地保留了《荆钗记》、《刘知远》、《拜月记》、《杀狗记》及《琵琶记》等五大宋元南戏的代表剧目，这些在文学史、戏剧史书籍中才有记载的剧目，现在还能原汁原味地展现在屏南龙潭村的

作家笔下的

宁德

旧戏台上，因此被称为古老戏剧艺术的"活化石"。1962年，福
建省文化局下文挖掘抢救古老剧种中的传统剧目时，龙潭村著
名四平戏艺人陈元雪主动将长期珍藏的《琥珀岭》《蔡伯喈》《王
十朋》《赠宝带》《拜月亭》等22本四平戏传统剧目送省艺术
研究所收藏。其中好几个剧目是国内少有的手抄本，如《琥珀
岭》，就是被《中国戏曲词典》称为在约三百年前即明末的时候
就已经失传的宋元南戏剧目《崔君瑞江天暮雪》，是难得的一个
珍本。因为陈元雪，我们今天得以窥见三百年前早已失传的南
戏《崔君瑞江天暮雪》的全貌。它的复出不但丰富了福建戏剧史，
而且为中国戏剧发展史增添了崭新的一页。

清中叶后，屏南四平戏进入鼎盛时期。早期的四平戏仅在春节和迎神赛会期间清唱，属于自娱自乐的性质。清初以后，屏南四平戏渐渐流传开来，全县有龙潭、南湾、山墩、茗溪、苦竹口（今富竹）、安溪等十数个乡村办起四平戏剧团，其中龙潭村戏风尤盛。据《屏南县志》记载："元旦，拜祖先尊长，鸣锣放鞭炮，十一、十二起，县民演剧庆赞。"随着昆曲、越剧、闽剧等新剧种的兴起与流行，四平戏日渐衰落，到20世纪后半叶，屏南四平戏的演出处于业余状态，龙潭村已没有正式的四平戏团，只剩几个老艺人还偶尔吹吹打打，努力传承着这古老的剧种。

近年来，当地政府十分重视四平戏的保护与发展，成立了"屏南县地方戏曲研究办公室"，对四平戏等传统戏曲进行保护与研究，收集、整理了大量的文献资料；投入了大量资金，资助办好"龙潭四平戏剧团"，培养了一大批年轻演员。2006年5月，屏南四平戏入选第一批国家级非物质文化遗产名录；同年10月，中国四平腔学术研讨会在屏南召开；2007年6月，龙潭四平戏剧团进京参加全国非物质文化遗产之戏剧汇报演出（福建专场），四平戏的传承与发展迎来了一个阳光明媚的春天。